妖
お六《ろく》
黒《こく》
妖
青坊主《あおぼうず》

妖怪道中《ようかいどうちゅう》三国志《さんごくし》 壱

奪《うば》われた予言書《よげんしょ》

三田村信行・作　　十々夜・絵

登場人物紹介《しょうかい》

早川蒼一《はやかわそういち》

妖怪《ようかい》ゲームの達人《たつじん》。

アイデアを思いつくのが得意《とくい》。

クラスメイトの夏実《なつみ》がちょっと気になっている。

佐山信夫《さやまのぶお》

歴史大好《れきしだいす》きな「江戸《えど》時代オタク」。

江戸《えど》時代の妖怪《ようかい》が主役《しゅやく》の小説《しょうせつ》も書いている。

大河原夏実《おおかわらなつみ》

“考えるより行動！”派《は》。

正義感《せいぎかん》が強く、好奇心《こうきしん》おうせい。

「じゃじゃ馬」なんていわれることも…。

妖怪《ようかい》プロジェクトとは…

蒼一《そういち》の発案《はつあん》ではじまった「妖怪《ようかい》のほんとうの姿《すがた》を伝《つた》える」活動。

２１１１年の現在《げんざい》、妖怪《ようかい》たちは、「妖怪管理局《ようかいかんりきょく》」に管理《かんり》され、それを逃《のが》れたものは、あちこちをさまよって暮《く》らしている。しかし、蒼一《そういち》たちがタイムスリップした「江戸《えど》時代」では、妖怪《ようかい》は人々と共存《きょうぞん》し、闇《やみ》のなかで生き生きと暮《く》らしていた。

そんな妖怪《ようかい》たちの魅力《みりょく》を、ゲーム、小説《しょうせつ》、イベントなどを通じて広めようとしている。

佐山博士《さやまはかせ》

信夫《のぶお》の祖父《そふ》で、歴史《れきし》学者。中国《ちゅうごく》の歴史《れきし》が専門《せんもん》。

なぞの男

不思議《ふしぎ》な洞穴《ほらあな》の前で倒《たお》れていた。何か秘密《ひみつ》を持っているようだが…。

孔明《こうめい》

「三国志《さんごくし》」の中心人物。天才的《てき》な能力《のうりょく》を持ち、のちに「蜀《しょく》」の国をつくる劉備《りゅうび》を支《ささ》える軍師《ぐんし》。

張飛《ちょうひ》

「三国志《さんごくし》」の重要《じゅうよう》人物。巨大《きょだい》な体で長い武器《ぶき》「蛇矛《じゃぼう》」をふりまわす、天下無敵《むてき》の豪傑《ごうけつ》。

もくじ

「三国志《さんごくし》」の世界

2111年の今から、1900年くらい昔の中国《ちゅうごく》の歴史《れきし》をもとにつくられた。今ではゲームや小説《しょうせつ》、映画《えいが》にもなっている。

「後漢《ごかん》」という時代の末期《まっき》、国は乱《みだ》れ、各地《かくち》で戦乱《せんらん》が起こっていた。そんななか、大きな力をもつ三人の英雄《えいゆう》があらわれた。「魏《ぎ》」の国の曹操《そうそう》、「呉《ご》」の国の孫権《そんけん》、「蜀《しょく》」の国の劉備《りゅうび》。三人は、中国《ちゅうごく》を統一《とういつ》するため、さまざまな戦《たたか》いやかけひきをくり広げていく――。

えっ、歴史《れきし》が変《か》わってしまう⁉

一

二〇一一年三月なかばすぎの土曜日。

早川蒼一《はやかわそういち》は、いつものようにパソコンでゲームをやっていた。このところはまっている三国志《さんごくし》のゲームだ。ちょうど、赤壁《せきへき》の戦《たたか》いの個所《かしょ》にさしかかったところで、諸葛孔明《しょかつこうめい》が風をいのる場面だった。

「よし、いくぞ！」

キーを指でおそうとしたとき、画面が切りかわって、大河原夏実《おおかわらなつみ》の顔になった。

――蒼太《そうた》、いま信助《しんすけ》がうちに来てるの。話したいことがあるんだって。ちょっと来てくれない？

夏実《なつみ》がいいおえると、画面はもとにもどった。

「ちぇっ、せっかくいいところだったのに」

蒼一《そういち》は、うらめしげにパソコンをシャットダウンした。「ちょっと来てくれない？」というのは、夏実《なつみ》の場合、たんなるお願《ねが》いではなく、「すぐ来い」という命令《めいれい》なのだ。そして、蒼一《そういち》は、夏実《なつみ》の命令《めいれい》になんとなくさからえない。

「それにしても、信助《しんすけ》のやつ、あれ以来《いらい》、いやにお夏《なつ》と仲《なか》がいいな」

蒼一《そういち》はつぶやいた。なんだか胸《むね》がもやもやする。

信助《しんすけ》こと佐山信夫《さやまのぶお》は、以前《いぜん》は蒼一《そういち》や夏実《なつみ》とクラスがちがうこともあって、それほど仲《なか》がいいわけではなかった。ところが、ある出来事があって、急に親しくなったのだ。

昨年《さくねん》の夏、三人は江戸《えど》時代にタイムスリップし、妖怪《ようかい》を追って東海道《とうかいどう》を日本橋《にほんばし》から京都《きょうと》まで旅をした。旅のあいだにいろんな目にあい、さまざまな経験《けいけん》をして、三人のきずなは深まった。旅が終わっても、三人とも旅のあいだに使っていた「蒼太《そうた》」「お夏《なつ》」「信助《しんすけ》」という名前でおたがいをよびあっていた。

だから、蒼一《そういち》もとくに信夫《のぶお》にふくむところはないのだが、夏実《なつみ》がからんでくると、おちついていられなくなるのだ。

夏実《なつみ》の家は六番街《ばんがい》のマンションの十階《かい》だ。蒼一《そういち》の家からそう遠くない。蒼一《そういち》は、動く歩道に乗って、夏実《なつみ》の家に向かった。十分ぐらいで着いた。

「早かったじゃない」

インターホンをおすと、すぐに夏実《なつみ》がドアをあけてくれた。

「うん」

ぶっきらぼうにこたえて、上がり上がった。夏実《なつみ》の部屋にはいると、信夫《のぶお》がめがねをちょっとずり上げて、蒼一《そういち》にうなずいた。テーブルには食べかけのケーキがのっている。

すぐに夏実《なつみ》がケーキをのせた皿を持ってはいってきた。

「あたしが作ったのよ。食べて」

「うまいよ、これ」

信夫《のぶお》が、食べかけのケーキを口にいれた。そういえば、このごろ夏実《なつみ》はケーキ作りにこっている。蒼一《そういち》も何度か食べさせてもらったが、そんなにうまいとは思えない。

「話ってなんだい？」

蒼一《そういち》は、お義理《ぎり》でケーキを口にしながら、信夫《のぶお》を見た。

「春休みに、信助《しんすけ》のおじいさんのところに行かないかっていうのよ」

時間割
妖怪道中決戦　第3回
最強妖怪をめざせ!
もっと知りたい!
妖怪の話
No.1

ケーキを食べている信夫《のぶお》にかわって、夏実《なつみ》が答えた。

「信助《しんすけ》のおじいさん？」

「うん」

口のまわりを指でぬぐいながら、信夫《のぶお》がうなずいた。

「おじいちゃんは、歴史《れきし》学者なんだ。とくに中国《ちゅうごく》の歴史《れきし》にくわしい。おれは、ちっちゃいころからかわいがってもらってた」

佐山信之介《さやましんのすけ》という信夫《のぶお》のおじいさんは、遠くにひとりで住んでいて、年に三回ぐらい信夫《のぶお》の家にやってきては、一週間ほど泊《と》まっていくのだという。信夫《のぶお》を非常《ひじょう》にかわいがっていて、「将来《しょうらい》は自分とおなじ歴史《れきし》学者にするんだ」といっては、小さいころからおもしろい歴史《れきし》の話を聞かせたり、歴史《れきし》の本を読ませたりしてきた。

そのおかげで、信夫《のぶお》はすっかり歴史好《れきしず》きになった。とくに江戸《えど》時代が好《す》きで、江戸《えど》時代のことならどんなことでもかたっぱしから頭につめこんだ。この前の東《とう》海道《かいどう》の旅でも、信夫《のぶお》の江戸《えど》時代の知識《ちしき》がどれだけ役に立ったか知れない。

「おれたちの旅のことをおじいちゃんに話したら、ものすごく興味《きょうみ》を持ってね、メモを取っていった。それで、おれ、おれたちの活動のことを考えたんだけど……」

信夫《のぶお》は、蒼一《そういち》と夏実《なつみ》をかわるがわる見た。

三人は、江戸《えど》時代の東海道《とうかいどう》を旅して、さまざまな妖怪《ようかい》にであった。そして、妖怪《ようかい》たちが、人間とうまくつきあいながら生き生きと暮《く》らしていることを知った。

そうしたことを妖怪《ようかい》をけぎらいしている今の世の中の人たちに知らせる行動を起こそうと、決意したのだ。

信夫《のぶお》は、経験《けいけん》したことを本に書く。蒼一《そういち》は、新しい妖怪《ようかい》ゲームを考える。夏実《なつみ》は、妖怪《ようかい》に関連《かんれん》したイベントをひらく。三人は役割分担《やくわりぶんたん》をして、活動をはじめた。

信夫《のぶお》は、江戸《えど》時代で仲《なか》よくなったろくろっ首のお六《ろく》と火吹《ひふ》き小僧《こぞう》を中心にして、『妖怪道中膝栗毛《ようかいどうちゅうひざくりげ》』というハラハラドキドキの楽しくておもしろい物語を書いた。

蒼一《そういち》は、青坊主《あおぼうず》という三つ目の大男の妖怪《ようかい》をキャラクターにして、新しいゲームを考えた。夏実《なつみ》は、朗読会《ろうどくかい》を開いて、信夫《のぶお》の書いた物語を聞かせたり、ゲーム大会をひらいて、蒼一《そういち》の考えたゲームを友だちに広めたりした。

「これまでは、朗読会《ろうどくかい》もゲーム大会もけっこううまくいってたけど、まだ十分じゃないと思うんだ。もっともっと妖怪《ようかい》のことを知ってもらわなくちゃならない。そこでおれが考えたのは、おじいちゃんに力をかしてもらおうってことなんだ」

信夫《のぶお》はつづけた。

「つまり、おじいちゃんにおれたちの経験《けいけん》したことを伝《つた》えて、講演会《こうえんかい》をひらいて話してもらうんだよ。そうすれば、たくさんの人たちが聞きにくると思うんだ。そうして、妖怪《ようかい》に興味《きょうみ》を持ってくれると思うんだよね」

「それで、おじいさんはなんていってるんだ」

蒼一《そういち》は信夫《のぶお》に聞いた。

「おじいちゃんにメールしたら、すぐに、すばらしい計画だっていう返事がきた。そして、三人で春休みに三、四日泊《と》まりこみでこっちに来て、話を聞かせてくれっていうんだ。それで、お夏《なつ》に相談しにきたんだよ」

「あたしも信助《しんすけ》と同じ考えよ」

夏実《なつみ》がいった。

「信助《しんすけ》のおじいさんは博士《はかせ》だっていうから、そういう人がしゃべれば、あたしたちのことばより信用《しんよう》されるんじゃない？　講演会《こうえんかい》がうまくいったら、信助《しんすけ》が書いたものをおじいさんにまとめてもらって、出版社《しゅっぱんしゃ》に持ちこんで本にしてもらえばいいわ。そうすれば、妖怪《ようかい》ブームを起こすことも夢《ゆめ》じゃなくなるわよ」

そういうことなら、蒼一《そういち》にも異存《いぞん》はなかった。

「わかった。そうしよう」

そういって、のこったケーキのひときれにフォークを刺《さ》した。

蒼一《そういち》も夏実《なつみ》も、信夫《のぶお》の提案《ていあん》を受けいれたことでとんでもない事態《じたい》にまきこまれようとは、そのとき知るよしもなかった。もちろん、信夫《のぶお》自身も——。

それはともかく、三人ともお母さんの許《ゆる》しを得《え》ることができたので、春休みの最初《さいしょ》の日の朝、セントラルステーションに集合した。三泊《ぱく》四日の予定で、三人ともその分の着がえをリュックにつめてきたが、夏実《なつみ》はそのほかに花模様《はなもよう》の紙ぶくろをさげていた。

「なんだい、それ」

蒼一《そういち》が聞くと、夏実《なつみ》はにこっとわらった。

「あたしの手作りのケーキ。おじいさんは大のケーキ好《ず》きだって、信助《しんすけ》に聞いたから」

ケーキ好《ず》きの人はみんな自分の手作りのケーキが好《す》きだと、夏実《なつみ》は思っているようだ。蒼一《そういち》はなにもいわなかった。

「きのう、あした行くよっておじいちゃんにメールしたら、楽しみにしてるって、返事が来た」

信夫《のぶお》がいった。

「それから、『世紀《せいき》の大発見をして、興奮《こうふん》しているところだよ。おまえたちもきっと興味《きょうみ》を持つと思う。どんな大発見かって？　それは来てからのお楽しみ』なんてつけくわえてあった」

「世紀《せいき》の大発見てなんだろう。恐竜《きょうりゅう》の骨《ほね》でも見つけたのかな」

蒼一《そういち》が首をかしげると、夏実《なつみ》が鼻でわらった。

「ばかね。そんなの、ありふれてるわよ」

「じゃ、なんだと思うんだよ」

しゃくにさわって、蒼一《そういち》は口をとがらせた。

「宇宙人《うちゅうじん》のミイラかなんか見つけたのよ、きっと」

「うん。それなら世紀《せいき》の大発見だ」

信夫《のぶお》がうなずいたので、蒼一《そういち》はよけいしゃくにさわった。

佐山博士《さやまはかせ》が住んでいるのは、N《エヌ》という海辺の町で、超特急《ちょうとっきゅう》のリニアを利用《りよう》しても四時間かかるくらいへんぴなところだった。

「おじいちゃんは、三十年くらい、そこにひとりで住んでるんだ。お父さんもお母さんもほとんど行ったことがないみたい。もちろん、おれもさ」

信夫《のぶお》がいった。

「おじいちゃんは、そこで、中国《ちゅうごく》の歴史《れきし》を研究しているんだって」

「じゃあ、世紀《せいき》の大発見っていうのは、中国《ちゅうごく》の歴史《れきし》に関係のあることかもな」

蒼一《そういち》がいった。

「そうね」

「そうかもしれない」

夏実《なつみ》と信夫《のぶお》はかるく聞き流したが、あとで考えると、蒼一《そういち》のいったことは、ほぼあたっていた。

支線《しせん》に乗りかえてN《エヌ》駅に着いたのは、お昼ごろだった。そこからはタクシーに乗った。大都市では、無人《むじん》タクシーのビートルがビルとビルのあいだの空間を走っているが、地方の町では、運転手のいる地上タクシーだ。

——ドチラヘイカレマスカ。

三人が乗りこむと、アンドロイドの運転手がふりむいた。

信夫《のぶお》が、ポケットからだしたメモを見ながらいった。

「えーと、岬下《みさきした》へ」

——カシコマリマシタ。

運転手がうなずき、タクシーは音もなく発車した。

町なかを抜《ぬ》け、二十分ぐらい走ったところで、警官《けいかん》にタクシーが止められた。

——コウツウジコノヨウデス。

運転手がいった。

——ココハ、〈ミラーズ・クロッシング〉トヨバレテイテ、ドウロガカガミノヨウニハンシャスルノデ、ジコガオコリヤスイノデス。

タクシーのすぐ前に救急車《きゅうきゅうしゃ》が止まっていた。しばらくすると、救急隊員《きゅうきゅうたいいん》がひとりの男を支《ささ》えながらあらわれた。事故《じこ》の被害者《ひがいしゃ》のようだ。左足をひきずっている。つり上がった細い目をした背《せ》の高い男で、長い髪《かみ》を頭の上でねぎ坊主《ぼうず》のようにまとめている。男は、救急隊員《きゅうきゅうたいいん》に助けられて、後部ドアから救急車《きゅうきゅうしゃ》に乗りこんだ。ドアがしめられ、救急車《きゅうきゅうしゃ》はサイレンを鳴らしてすぐに発車した。警官《けいかん》の誘導《ゆうどう》でタクシーも動きだした。

タクシーは、それから二十分ばかり走って、小高い丘《おか》のふもとで止まった。

――ミチガホソクテ、ココカラハクルマハイケマセン。アルイテクダサイ。

運転手がいった。

車をおりると、左手前方に丘《おか》へのぼる道があった。運転手がいったとおり、人がすれちがえるくらいのはばしかない。信夫《のぶお》を先頭に、三人はその道をのぼりはじめた。

のぼりきったとたん、

「あれ、見て！」

夏実《なつみ》が大声で叫《さけ》んだ。

前方に、まっ白な灯台《とうだい》がそびえていた。

二

その灯台《とうだい》は、岬《みさき》の突端《とったん》に立っていた。近づいてみると、かなり古いらしく、はがれおちた外装《がいそう》をぬりなおしたあとがあちこちにあった。

「こんな古い形の灯台《とうだい》、めずらしいわね」

夏実《なつみ》がいった。灯台《とうだい》は今でも利用《りよう》されているが、すべて中央コンピューター制《せい》御《ぎょ》の無人灯台《むじんとうだい》で、形も電波塔《でんぱとう》そっくりで、昔ふうの形をした古い灯台《とうだい》はほとんど見られなくなっていた。

「おじいさんは、あそこに住んでるのかな」

蒼一《そういち》が、灯台《とうだい》と通路でつながっている二階建《だ》ての白い四角い建物《たてもの》を指さした。

「そうだと思うよ」

信夫《のぶお》がうなずいた。

近づいてみると、正面のドアがあけっぱなしになっていた。

「こんにちわあ。おじいちゃん、いるう?」

中をのぞきこみながら、信夫《のぶお》が声をはり上げた。だが、返事はない。

「昼寝《ひるね》でもしているのかもしれない。上がってみよう」

信夫《のぶお》は夏実《なつみ》と蒼一《そういち》をうながして、中にはいっていった。

はいると正面に二階への階段《かいだん》があり、左手にはリビングに通じるガラスドアがあった。階段《かいだん》のわきにもドアがあり、半分あいていた。三人は、リビングにだれもいないのをたしかめてから、右手のドアをくぐり抜《ぬ》けた。ドアの向こうは灯台《とうだい》への通路で、少し歩くと灯台《とうだい》への出入り口があった。ボタンで開閉《かいへい》するドアだったが、ここもあけっぱなしになっていた。三人は中にはいった。

「なによ、これ」

「どうなってんの」

「マジかよ」

三人の口から、いっせいにおどろきの声が上がった。

それは灯台《とうだい》ではなかった。いや、すっかりつくりかえられていたのだ。鉄骨《てっこつ》で五層《そう》のやぐらが組まれ、まん中に心棒《しんぼう》のように金網《かなあみ》ばりの円柱が通っていた。円柱の中には檻《おり》のような籠《ケージ》がはいっている。昇降《しょうこう》リフトのようだ。そして、五層《そう》の円形のかべはすべて書棚《しょだな》で、びっしりと大小さまざまな書籍《しょせき》でうまっていた。要《よう》するに、外からは灯台《とうだい》としか見えないが、中は巨大《きょだい》な書庫なのだった。

「あそこにだれか倒《たお》れている」

蒼一《そういち》が叫《さけ》んだ。鉄骨《てっこつ》のすきまを通して、三層《そう》めの床《ゆか》に倒《たお》れている人影《ひとかげ》が見えた。すぐに信夫《のぶお》が昇降《しょうこう》リフトに乗った。つづいて夏実《なつみ》、蒼一《そういち》。三人が乗ると、籠《ケージ》はいっぱいになった。籠《ケージ》には赤と白のボタンのあるスイッチがついていた。信夫《のぶお》はためらわずに白のボタンをおした。籠《ケージ》はガタガタとゆれながら上昇《じょうしょう》していった。

三層《そう》めの金網《かなあみ》ばりの床《ゆか》と平行になったところで、信夫《のぶお》は赤のボタンをおした。籠《ケージ》が止まった。三人は急いで籠《ケージ》をおりた。倒《たお》れている人影《ひとかげ》は、円柱を半周《はんしゅう》まわったあたりにいた。うつぶせになっている。銀髪《ぎんぱつ》の老人《ろうじん》だった。そばには、ふたのついた長方形の鉛《なまり》の箱が三つころがっていて、そのまわりに太い筒《つつ》と竹でできた巻物《まきもの》のようなものが十数本散乱《さんらん》している。

「おじいちゃん!」

信夫《のぶお》が老人《ろうじん》にかけよった。

「しっかりして、おじいちゃん！」

抱《だ》き起《お》こしてゆさぶると、老人《ろうじん》——佐山博士《さやまはかせ》は、うーんとうめいてうっすらと目をあけ、うつろな表情《ひょうじょう》で信夫《のぶお》を見やった。

「おじいちゃん、ぼくだよ、信夫《のぶお》だよ！」

「の・ぶ・お……の・ぶ・お……？」

佐山博士《さやまはかせ》は、オウムのように信夫《のぶお》の名前をくりかえして、首をかしげる。

「どうしちゃったのさあ、おじいちゃん。ぼくがわかんないの？」

信夫《のぶお》は泣《な》きそうになりながら、博士《はかせ》の体をはげしくゆさぶった。すると、博士《はかせ》の目に生気がやどり、表情《ひょうじょう》もひきしまった。

「信夫《のぶお》、お前か」

はっきりとした口調でいった。

「そうだよ。それから、お夏《なつ》に蒼太《そうた》だ」

信夫《のぶお》は、わきに立っている夏実《なつみ》と蒼一《そういち》に顔を向けた。

「こんにちわ。大河原夏実《おおかわらなつみ》です」

「早川蒼一《はやかわそういち》です」

夏実《なつみ》と蒼一《そういち》は、そろってぴょこりと頭をさげた。

「そうか。きみたちか」

佐山博士《さやまはかせ》はうなずいて、立ち上がろうとしたが、そのとたん、

「いたたたた！」

と、悲鳴《ひめい》を上げて後頭部を手でおさえた。しばらくしてはなした手には、べっとりと血がついていた。

「これ、どうぞ」

夏実《なつみ》がすばやくハンカチをさしだした。

「ありがとう」

博士《はかせ》は、ハンカチを受けとって後頭部にあてたが、ちらばった筒《つつ》や巻物《まきもの》に目がいくと、「いかん！」と叫《さけ》んで、ハンカチを投げすて、ひとつひとつたしかめるようにしながら、巻物《まきもの》を筒《つつ》におさめ、鉛《なまり》の箱にいれていった。

蒼一《そういち》たちが手伝《てつだ》おうとすると、

「さわってはいかん！」

大声でどなった。

「やはり、あの巻《かん》を持ちさられたか」

すべてをしまいおえると、博士《はかせ》は眉間《みけん》にしわをよせ、けわしい表情《ひょうじょう》になった。

それから、はっと気がついたように、蒼一《そういち》たちに顔を向けた。

「そうだ。きみたち、ひょっとして、ここへ来る途中《とちゅう》で、髪《かみ》を頭の上でまとめていて、目のつり上がった男を見かけなかったかい？」

「あの男じゃないかな」

蒼一《そういち》が夏実《なつみ》と信夫《のぶお》をふりかえった。

「そうよ」

「まちがいない」

ふたりは同時にうなずいた。

「見かけたんだね！」

佐山博士《さやまはかせ》が、ぱっと目をかがやかせた。

「はい」

蒼一《そういち》はうなずいて、ミラーズ・クロッシングで救急車《きゅうきゅうしゃ》に乗せられた男のことを話した。

「そやつだ！　それは何時ごろ？」

「一時ごろだったと思うけど」

信夫《のぶお》がいった。

「そうか」

博士《はかせ》は、上着のポケットからスマホを取りだし、すばやくボタンをおすと、銀《ぎん》髪《ぱつ》をかき上げながら耳にあてた。

——もしもし、N《エヌ》町中央病院ですかな。院長をよんでもらえませんかね。友人の佐山信之介《さやましんのすけ》です。はい、はい、待ちます……。

——ああ、わしだ、佐山《さやま》だよ。いそがしいのにすまないが、ちょっと教えてくれんかね。今日の一時ごろに、ミラーズ・クロッシングで交通事故《じこ》にあって、救《きゅう》急車《きゅうしゃ》できみの病院に運ばれた男がいるはずなんだが、調べてくれんかね。……じつは、その男、わしのところから貴重《きちょう》な史料《しりょう》を持ちだしているんで、取りもどしたいんだよ。ああ、待ってる。

——うん、うん、そう。髪《かみ》を頭の上で丸めているやつだ。軽傷《けいしょう》？　そうか。では、わしが行くまでそやつを病院からださないようにしてくれないか。……そうだなあ、車が故障《こしょう》して修理《しゅうり》にだしているからタクシーをよばなけりゃならん。往《おう》復《ふく》だから、二時間ちかくかかるだろう。よろしくたのむよ。じゃあ。

病院への電話を切った博士《はかせ》は、すぐさまタクシー会社に連絡《れんらく》してタクシーをよぶと、ほっとしたようにスマホをしまい、三人に笑顔《えがお》を向けた。

「やれやれ、これでなんとかなりそうだ」

「おじいちゃん、いったい、どうしたの」

信夫《のぶお》が、心配そうに聞いた。

「頭、だれかになぐられたの？」

「まあ、そのことは下に行ってから話そう。タクシーが来るまで、時間もあるし」

佐山博士《さやまはかせ》はそういって、リフトのほうに歩きだしたが、五、六歩行ったところでふらっとよろめいた。

「いかん。さっきは電話に夢中《むちゅう》でわすれていたが、まだ頭がずきずきするわい」

結局《けっきょく》、三人でかわるがわる博士《はかせ》を支《ささ》えながらリフトまで行き、籠《ケージ》に乗り、下におりて通路を歩き、なんとかリビングにたどりついた。

さいわい佐山博士《さやまはかせ》の頭の傷《きず》は、それほどたいしたものではなかった。倒《たお》れたひょうしに書棚《しょだな》のとがった部分にぶつかって、切れただけだった。夏実《なつみ》が、薬箱のありかを聞いて、手早く手あてし、蒼一《そういち》がコーヒーをいれ、信夫《のぶお》が夏実《なつみ》のケーキを切ってテーブルにならべた。

「ありがとう。きみたちがいなかったら、ひとりでどうしようもなかったよ」

頭に包帯《ほうたい》をまいた博士《はかせ》は、コーヒーを飲み、ケーキをおいしそうにほおばりながら、三人に頭をさげた。

「あんなところに倒《たお》れてたから、びっくりしちゃったよ」

信夫《のぶお》が、眼鏡《めがね》をはずし、目をこすってかけなおしながらいった。

「なにがあったの、おじいちゃん。話してよ」

「そうさな。そもそもの発端《ほったん》は……」

そういいかけて、佐山博士《さやまはかせ》は三人を見た。

「きみたちは、『三国志《さんごくし》』の話を知っているかね」

「知ってます」

蒼一《そういち》がまっ先に答えた。今、ゲームに挑戦《ちょうせん》しているところだから、知っていてとうぜんだ。

「曹操《そうそう》と劉備《りゅうび》と孫権《そんけん》が争《あらそ》って、それぞれ国をつくる中国《ちゅうごく》の歴史《れきし》の話でしょ」

「ぼくも知ってる。おじいちゃんが本を買ってくれたじゃない」

つづいて、信夫《のぶお》がうなずいた。

「あたしはよく知らない」

あまり本を読まない夏実《なつみ》が、くやしそうに首をふった。

「そうか。それなら〝赤壁《せきへき》の戦《たたか》い〟のことを知ってるだろうね」

蒼一《そういち》と信夫《のぶお》がうなずき、夏実《なつみ》は首をふった。

「蒼一《そういち》くんと信夫《のぶお》が知っていれば、話がしやすい。夏実《なつみ》くんは、あとでふたりからくわしく聞けばいい」

博士《はかせ》は、夏実《なつみ》がぷっと頬《ほお》をふくらませたのも気づかずに、つづけた。

「そもそもの発端《ほったん》は、わしが『三国志《さんごくし》』のことを記したまぼろしの書物を見つけたことからだよ——」

三

中国《ちゅうごく》の歴史《れきし》で〝三国志《さんごくし》の時代〟といえば、魏《ぎ》の曹操《そうそう》、呉《ご》の孫権《そんけん》、蜀《しょく》の劉備《りゅうび》が活躍《かつやく》した時代のことをいう。なかでも曹操《そうそう》は、強大な勢力《せいりょく》にものをいわせて、劉備《りゅうび》や孫権《そんけん》をほろぼし、天下をわがものにしようとねらっていた。

そうしたなかで起こったのが、「赤壁《せきへき》の戦《たたか》い」だ。

西暦《せいれき》二〇八年、曹操《そうそう》は大軍《たいぐん》を起こしてまず、劉備《りゅうび》を攻《せ》めた。兵力に

劣《おと》った劉備《りゅうび》は、大敗《たいはい》して長江沿岸《ちょうこうえんがん》の夏口《かこう》にのがれたが、このままでは曹《そう》操《そう》にほろぼされてしまうところまで追いつめられてしまった。そこで、劉備《りゅうび》の軍師《ぐんし》の孔明《こうめい》は、呉《ご》の孫権《そんけん》と同《どう》盟《めい》してともに曹操《そうそう》にあたる策《さく》を劉備《りゅうび》にすすめ、長江《ちょうこう》下流の柴桑《さいそう》にいる孫《そん》権《けん》のもとに使者としておもむいた。

一方曹操《そうそう》は、孫権《そんけん》に手紙を送って、自分とともに劉備《りゅうび》を討《う》つようにせまり、したがわなければ攻《せ》めよせるとおどした。

呉《ご》の重臣《じゅうしん》や武将《ぶしょう》たちのほとんどは、とうてい勝ち目はないと、曹操《そうそう》と戦《たたか》うことに反対で、曹操《そうそう》にしたが

うことを孫権《そんけん》にすすめた。孫権《そんけん》は、どちらを選《えら》ぶかまよっていた。孔明《こうめい》は、呉《ご》の参謀《さんぼう》周瑜《しゅうゆ》とともにねばりづよく説得《せっとく》し、ついに曹操《そうそう》と戦《たたか》うことを孫権《そんけん》に決意させた。

こうして、その年の十一月、孫権《そんけん》・劉備《りゅうび》の連合軍《れんごうぐん》と曹操軍《そうそうぐん》が長江《ちょうこう》をはさんで激突《げきとつ》した。八十万の曹操軍《そうそうぐん》が陣《じん》どったのは、長江《ちょうこう》の北岸の烏林《うりん》で、それに対して周瑜《しゅうゆ》がひきいる三万の軍勢《ぐんぜい》は、対岸の赤壁《せきへき》に陣《じん》をかまえた。

八十万と三万では勝敗《しょうはい》はだれの目にも明らかだったが、結果《けっか》はまったく逆《ぎゃく》で、赤壁《せきへき》から出撃《しゅつげき》した呉《ご》の水軍《すいぐん》の火攻《ひぜ》めにあって曹操軍《そうそうぐん》はほとん

ど全滅《ぜんめつ》し、なんとか陸上に逃《のが》れた曹《そう》操《そう》は劉備《りゅうび》の武将《ぶしょう》の趙雲《ちょううん》や張飛《ちょうひ》の待ちぶせにあい、わずかな手勢《てぜい》とともに命からがら本拠地《ほんきょち》に逃《に》げもどった。

これが歴史《れきし》にのこる「赤壁《せきへき》の戦《たたか》い」だ。

赤壁《せきへき》の大敗《たいはい》により、曹操《そうそう》の天下平定の野望《やぼう》は一時後退《こうたい》し、そのあいだに孫権《そんけん》は力をたくわえ、劉備《りゅうび》は蜀《しょく》に攻《せ》め入って、やがて魏《ぎ》・呉《ご》・蜀《しょく》の三国が成立《せいりつ》していくことになる。

「わしは毎日、灯台《とうだい》の下の海岸を散《さん》歩《ぽ》する。海岸に沿《そ》ったがけのすそにある洞穴《ほらあな》を通ってがけの反対側《がわ》にで

て、また灯台《とうだい》にもどってくるのが散歩《さんぽ》のコースなんだ」

佐山博士《さやまはかせ》がいった。

「ところが半月ほど前、洞穴《ほらあな》をでたところで、大きな石のようなものにつまずいて、倒《たお》れた。起き上がろうとしてふと見ると、目の前に鉛色《なまりいろ》をしたものが地面から顔をだしていた。なんだろうと思って、掘《ほ》りだしてみた。するととつぜん地面がはげしくゆれた。とっさに膝《ひざ》をついて、ゆれがおさまるのを待った。しばらくして、ゆれがおさまったので、掘《ほ》りだしたものをあらためて見てみると、古びた細長い鉛《なまり》の箱だった。なにがはいっているんだろうと思い、家に持ち帰って調べてみようと腰《こし》を上げかけて、気がついた。なんと、目の前の景色《けしき》がいつもとちがっていたんじゃ」

博士《はかせ》はあたりを見まわした。そこは丘《おか》の中腹《ちゅうふく》のような場所で、目の下に雑木林《ぞうきばやし》がひろがり、その向こうに一すじの川の流れが見えた。そして、川の向こう岸には城壁《じょうへき》のようなものが見えかくれしている。これまでまったく見たことのない景《け》色《しき》だった。

そのとき、林の中を歩いている人影《ひとかげ》が見えた。博士《はかせ》は、ここがどこか聞こうと

思って、近くまでおりていったが、途中《とちゅう》で思わず足を止めた。林の中を歩いていたのは、異様《いよう》なかっこうをした数人の男たちだった。頭に丸い鉄の帽子《ぼうし》のようなものをかぶり、胴《どう》を鉄の板でくるんでいる。足にはブーツのようなものをはき、手には槍《やり》や矛《ほこ》を持っていた。男たちの会話も聞こえてきた。それは日本語《にほんご》ではなかったが博士《はかせ》の知っていることばだった。

「つぎの日もそのつぎの日も洞穴《ほらあな》を通って行ってみたが、その景色《けしき》は変《か》わらなかった。つまり、洞穴《ほらあな》の外はまったくべつの世界になっていたんじゃ。その景色《けしき》と兵《へい》士《し》のようすなどを史料《しりょう》でいろいろ調べてみた結果《けっか》、洞穴《ほらあな》の向こうの世界が三国志《さんごくし》の時代、それも赤壁《せきへき》の戦《たたか》いがはじまる少し前のころで、場所は劉備《りゅうび》がいる夏口《かこう》だということがわかった。わしが見たのは、劉備軍《りゅうびぐん》の見まわりの兵士《へいし》だったのだろう」

「それが、おじいちゃんがいう〝世紀《せいき》の大発見〟だったんだね」

信夫《のぶお》が眼鏡《めがね》の奥《おく》の目をかがやかせた。

「それもそうなんだが、もうひとつ、世紀《せいき》の大大大発見がわしを待っていたのさ」

佐山博士《さやまはかせ》は、口もとをほころばせた。

「家に持ち帰った鉛《なまり》の箱を開けてみたところ、中には古い巻物《まきもの》が何巻《かん》かはいっていた。巻物《まきもの》といっても、紙ではなく、文字を記した細長い竹の札を何枚《なんまい》もつづりあわせて巻《ま》いたものなんだが、なにげなくその巻物《まきもの》を広げたとたん、腰《こし》をぬかすほどおどろいた。なんとそれは、『幻書三国志《げんしょさんごくし》』の原本だったんだ！」

博士《はかせ》は、そのときのことを思いだしたように、興奮《こうふん》で声をふるわせた。

「『幻書三国志《げんしょさんごくし》』は、写本、つまりコピーしかないと長いあいだ思われてきた。しかし、なかには、原本の存在《そんざい》を信じている学者もいる。わしもそのひとりだ。だから、巻物《まきもの》が原本だとわかったときには、それこそ天にものぼる心持ちだった。そのあと、同じところで鉛《なまり》の箱がいくつか見つかった。そのどれにも巻物《まきもの》がしまいこまれていた。調べた結果《けっか》、原本は完全《かんぜん》にそろっていて、ひとつも欠《か》けたものはなかった」

「あのう、その本っていうか、巻物《まきもの》には、三国志《さんごくし》の時代のことが書いてあるんですか」

蒼一《そういち》が遠慮《えんりょ》がちに聞いた。

「もちろんだ。三国志《さんごくし》の時代のはじまりから終わりまで、起こった出来事をはじめ、活躍《かつやく》した人たちすべてについて、ことこまかに記してある」

「でも、それだったら、ほかの本にも書いてあるでしょ。なんでその巻物《まきもの》だけが大発見なんですか？」

信夫《のぶお》も夏実《なつみ》も、そうだというようにうなずいた。

「ははは。なかなかするどいね、きみよ」

佐山博士《さやまはかせ》は、うれしそうに頬《ほお》をゆるませた。

「けれど、『幻書三国志《げんしょさんごくし》』が、三国志《さんごくし》の時代より百年も前に記されていることを知ったら、わたしが大発見だというのもわかるだろう」

博士《はかせ》は、大事な秘密《ひみつ》を明かすように、三人をかわるがわる見つめた。

「『幻書三国志《げんしょさんごくし》』が、三国志《さんごくし》の時代より百年前に書かれたことは、ほぼ同時代に書かれたことが分かっている写本によって、明らかなんだ。だからこれは、偉大《いだい》なる〈予言の書〉なんだよ」

博士《はかせ》の口ぶりは、ふたたび興奮気味《こうふんぎみ》になってきた。

「わたしが〝偉大《いだい》なる〟などといったのは、大げさでもなんでもないんだよ。三《さん》国志《ごくし》の時代は、正史、つまり国家が編《へん》さんした歴史書《れきししょ》によれば、『幻書三国志《げんしょさんごくし》』に記されたとおりに経過《けいか》しているんだ。なにひとつ変《か》わったところはない。予言は、まったくそのとおりに実現《じつげん》しているんだよ」

「だれが、そんなとんでもないものを書いたんですか」

夏実《なつみ》が、信《しん》じられないといった顔つきで、聞いた。

「残念《ざんねん》ながら、それは分かっていないんだ。おそらく、すぐれた予知能力《のうりょく》を持った呪術師《じゅじゅつし》ではないかとされている。それはともかく、この大大大発見で、わたしは有頂天《うちょうてん》になりすぎていたんだね。うっかり、ミスをおかしてしまった……」

博士《はかせ》の声のトーンが変《か》わった。

「四日前、わたしは、洞穴《ほらあな》の入り口に倒《たお》れている男を見つけた。服装《ふくそう》からみて、洞穴《ほらあな》の向こうの世界の者だとわかった。足にけがをしていたので、家につれて帰って手あてをしてやった。わたしの質問《しつもん》に答えてぽつりぽつりと話したところによると、この男は、曹操《そうそう》の間者《かんじゃ》、つまりスパイで、夏口《かこう》の劉備軍《りゅうびぐん》の動きをさぐりに来たようだった」

博士《はかせ》は、なにも知らない男がちょっとかわいそうになって、つい曹操《そうそう》が赤壁《せきへき》の戦《たたか》いで大敗《たいはい》することを教えてやった。男はまったく信《しん》じなかった。そして、証拠《しょうこ》を見せろとはげしくせまった。博士《はかせ》はよけいなことをしゃべったのを後悔《こうかい》したが、しかたなく、灯台《とうだい》の書庫に男をつれていって、巻物《まきもの》の「赤壁《せきへき》の戦《たたか》い」の巻《かん》を見せてやった。男は、だまって巻物《まきもの》に記された文字を追っていたが、やがて、しばらくこれを貸《か》してもらえないかと、真剣《しんけん》なまなざしで博士《はかせ》を見上げた。

「このことを曹操《そうそう》に報告《ほうこく》したいが、口でいうだけでは信用《しんよう》してもらえないから、これを見せて納得《なっとく》してもらい、今後の戦略《せんりゃく》に役立ててもらいたいのだというんだね。もちろんわたしは、断《ことわ》った。この巻物《まきもの》は、鉛《なまり》の箱から外にだして空気にふれると、記された文字がしだいにうすれていき、十日あまりたつと消えてしまうのだといった。それだけいえばよかったのだが、うっかり口をすべらせて、記された文字が消えれば、その部分の歴史的《れきしてき》事実もないことになってしまうといってしまったんだ」

三人の「えっ」という顔を見て、博士《はかせ》はにがいわらいをうかべた。

「そうなんだよ。『幻書三国志《げんしょさんごくし》』は、予言の書であると同時に、呪術《じゅじゅつ》の書でもあるんだ。そのことは、写本の最後《さいご》に警告《けいこく》として記されていた。十日以内《いない》に元の箱にもどせば、うすれた文字ももとどおりになるとも記されている」

男は、博士《はかせ》のことばにしばらく考えていたが、納得《なっとく》したのか、その場はおとなしくひき下がった。そして、傷《きず》の痛《いた》みがひいたら元の世界にもどると、博士《はかせ》に告《つ》げた。

「ところが、それは、わたしを安心させるためのうそだったんだね。今日、きみたちが来る少し前、調べることがあって書庫にこもっていたところ、だれかがやってくる気配がしたので、ふりかえった。すると、あの男が立っていた。なにか用かと聞いたが、男はだまったままいきなりこん棒《ぼう》をふり上げてなぐりかかってきた。逃《に》げる間もなく、後頭部をなぐられ、きみたちに助けられるまで気を失《うしな》っていた。気がついて、ちらばった巻物《まきもの》を調べたら、赤壁《せきへき》の戦《たたか》いを記した巻《かん》だけがなくなっていた。あの男が持っていったにちがいない」

「なんだって、その巻《かん》だけ持っていったんだろう」

信夫《のぶお》が首をかしげた。

「うん。それは――」

佐山博士《さやまはかせ》が答えようとしたとき、スマホの着信音《ちゃくしんおん》が鳴った。博士《はかせ》はボタンをおして耳にあてた。

――もしもし……ああ、わたしだ。えっ、なんだって!? ……そうか。わかった。こちらでなんとかする。ありがとう。

スイッチを切ってスマホをポケットに入れた博士《はかせ》は、まゆをよせた。

「まずいことになった。あの男が、ベッドを抜《ぬ》けだして、病院から逃《に》げたそうだ」

四

「大変《たいへん》じゃない。どうするの？」

信夫《のぶお》が心配した。

「書庫にある重要《じゅうよう》な史料《しりょう》には、盗難《とうなん》よけに発信器《はっしんき》のチップをつけてある。『幻書《げんしょ》三国志《さんごくし》』にも、すべて取りつけたから、信号《しんごう》を追跡《ついせき》していけば、男のいる場所はわかる。どうやって取りもどすか、それが問題だが……」

「でも、なんだって、赤壁《せきへき》の戦《たたか》いの巻《かん》だけ持《も》ち逃《に》げしたのかなあ」

夏実《なつみ》が、さっき信夫《のぶお》がだした疑問《ぎもん》をくりかえした。

「おそらく、あの巻《かん》に記された文字を消してしまうつもりなのだろう。そうすれば、赤壁《せきへき》の戦《たたか》いはなかったことになる。曹操《そうそう》にあの巻物《まきもの》を見せても、にせ物だと思われるかもしれない。それよりは、赤壁《せきへき》の戦《たたか》いそのものをなくしてしまったほうが手っ取り早いことに気がついたのだろう。あの巻物《まきもの》を持って十日あまりぶらつけば、そうなるのだから――」

「でも、ほんとうにそんなことが起こるのかしら。信《しん》じられない」

夏実《なつみ》はうたがわしげに首をふった。

「ほんとうにこうなるかどうかは、分からない。今までだれもためしたことがないのだからね。ただ、あの書の予言が、寸分《すんぶん》の狂《くる》いもなく実現《じつげん》していることは、歴史《れきし》が証明《しょうめい》している。それを考えれば、警告《けいこく》もほんとうだろうと、わたしは思う」

「赤壁《せきへき》の戦《たたか》いがないことになったら、どうなっちゃうんだろう」

ゲームなんかでも消えてしまうんだろうかと思いながら、蒼一《そういち》がつぶやいた。

「たぶん、曹操《そうそう》がはやばやと天下を統一《とういつ》して、中国《ちゅうごく》の歴史《れきし》のうえで、三国《さんごく》時代というのはなくなるにちがいない」

博士《はかせ》がいった。

「なんだ、そんなことぐらいかと、きみたちは思うかもしれないが、事はそんなにかんたんではない。過去《かこ》の歴史《れきし》がほんのちょっと変《か》わっただけでも、その影響《えいきょう》は二千年後の今日《こんにち》までおよぶんだ。つまり、これまできっちりとつみかさねられてきた世界の歴史《れきし》が、赤壁《せきへき》の戦《たたか》いがなくなってしまうことによって、がたがたとくずれ、まったくちがう歴史《れきし》になってしまう。歴史《れきし》が変《か》わってしまうんだよ。歴《れき》史《し》が変《か》わるということは、未来《みらい》の形も変《か》わってしまうということだ。わたしもきみたちも、このままだと今とまったくちがう未来《みらい》に行ってしまうことになる。きみたちは、もうそのことを経験《けいけん》しているんじゃなかったかな」

三人は顔を見あわせた。博士《はかせ》のいうとおりだった。タイムスリップした江戸《えど》時代からもどってきてみたら、タイムスリップする前のときとはまったくちがう未《み》来《らい》になっていたのだ。

「今とちがう未来《みらい》になんて、もう行きたくないよ！」

信夫《のぶお》がさけんだ。

「どうすればいいの、おじいちゃん」

「もちろん、なんとしても十日以内《いない》にあの男から巻物《まきもの》をうばいかえすことだ」

博士《はかせ》はいった。

「それと同時に、がけ下の洞穴《ほらあな》を通って向こうの世界に行き、なにがなんでも赤《せき》壁《へき》の戦《たたか》いを実現《じつげん》させてしまうことも必要《ひつよう》だ。つまり、巻物《まきもの》をうばいかえすか、向こうで赤壁《せきへき》の戦《たたか》いを実現《じつげん》してしまうか、どちらかが成功《せいこう》すれば、歴史《れきし》は変《か》わらないということじゃ」

「あたし、やるわ！」

博士《はかせ》がいいおわったとたん、とつぜん夏実《なつみ》が叫《さけ》んだ。

「やるって、なにをやるんだよ」

蒼一《そういち》が、びっくりして夏実《なつみ》を見た。

「洞穴《ほらあな》の向こうの世界に行って、赤壁《せきへき》の戦《たたか》いを実現《じつげん》させるのよ。これ以上歴史《いじょうれきし》をへんてこにするわけにはいかないわ！」

夏実《なつみ》はそういったあと、

「それに、なんだかおもしろそうだし――」

と、つぶやいて、ぺろっと舌をだした。

「そんなこといったって、お夏《なつ》、おまえ、三国志《さんごくし》のことなんかなんにも知らないんだろ。どうやって赤壁《せきへき》の戦《たたか》いを実現《じつげん》させるつもりなんだよ」

蒼一《そういち》があきれたようにいった。

「そうだよ。そんなにかんたんにいくもんじゃないよ」

信助《しんすけ》もうなずく。

「行ってみればなんとかなるわよ。とにかく行動すること。考えるのはふたりにまかせるわ」

夏実《なつみ》は、あっけらかんとして、蒼太《そうた》と信助《しんすけ》を見やった。

「これはまた、勇《いさ》ましいお嬢《じょう》ちゃんだ」

佐山博士《さやまはかせ》は苦笑《くしょう》したが、すぐに真顔にもどって、三人に向きなおった。

「わたしは、こんどのことを公《おおやけ》にしたくない。世間に知れたら大さわぎになることはまちがいない。テレビ局やらなにやらマスコミがおしよせてきて、手がつけられなくなる。下手をすると、なにもかも手遅《てお》くれになりかねない。だから、わたしときみたちとで、なんとか解決《かいけつ》したいと思っておる。だから、夏実《なつみ》くんが向こうへ行ってくれるというのは、非常《ひじょう》にありがたい。では、夏実《なつみ》くんと蒼一《そういち》くんとで、向こうの世界へ行き、赤壁《せきへき》の戦《たたか》いが実現《じつげん》するように力をつくしてもらいたい」

「そうこなくっちゃあ。ねえ、蒼太《そうた》、行くでしょ」

夏実《なつみ》が、蒼一《そういち》の肩《かた》をぱんとたたいた。

「痛《いて》え」

蒼一《そういち》は顔をしかめた。だが、ゲームでしか知らない三国志《さんごくし》の世界を実際《じっさい》に体験《たいけん》

するなんて、たしかにどきどきわくわくする。それに、三国志《さんごくし》のことをなにも知らない夏実《なつみ》には、自分が必要《ひつよう》だと思うと、うれしくなった。

「もちろんさ」

あらためて強くうなずいた。

「なんでぼくをはずすのさ、おじいちゃん！」

信夫《のぶお》が、眼鏡《めがね》をはずして、佐山博士《さやまはかせ》をにらんだ。

「ぼくだって、蒼太《そうた》たちといっしょに行きたいよ！」

「お前はこっちで、あの男から巻物《まきもの》をうばいかえすのを手伝《てつだ》ってほしいんだ。わたしひとりでは、心細い。お前の助けが必要《ひつよう》なんだ。このとおりだ。たのむよ」

佐山博士《さやまはかせ》は、信夫《のぶお》に向かって頭をさげた。

「わかったよ」

信夫《のぶお》は、しぶしぶうなずいた。

「向こうの世界に行くのはいいけど、あたしたち、中国語《ちゅうごくご》なんかしゃべれないわ。服装《ふくそう》も、このまんまじゃあやしまれるし」

夏実《なつみ》がふと気がついたようにいった。

「それに、あと十日もすれば新学期がはじまる。それまでにもどってこなくちゃならないし……」

蒼一《そういち》がつけくわえた。

「その点は心配ない。ことばのことは、向こうの世界にはいれば、その世界の人間として、しぜんとしゃべれるし、ひとのいっていることもわかるようになる。また、時間のことだが、向こうはあくまでも過去《かこ》の世界だ。過去《かこ》の世界でいくら時間がたっても、こっちにもどってきたときはこっちの時間になっている。つまり、過去《かこ》の世界の時間の経過《けいか》は、現在《げんざい》の時間に影響《えいきょう》をあたえないんだ。これは、友人の科学者から聞いたことだからたしかだ。だから、たとえばきみたちが向こうでひと月すごしてもどってきたとしても、こっちの時間では四日ぐらいしかたっていないということがありうるんだ。もちろん、誤差《ごさ》はそれなりにあるがね」

「わかりました。それなら安心です。それと、もうひとつ気になることがあるんですけど」

「なんだね」

「ぼくたちが行くことによって、向こうの世界になにか影響《えいきょう》をあたえることはないんですか」

「そうだな。ちょっとした変化《へんか》が起きる可能性《かのうせい》はあるだろう。ほんとうはいるはずのないきみたちが、存在《そんざい》することになるんだからね。でも、心配はいらない。それは小さな波で、歴史《れきし》を大きく変《か》えるような波、たとえば赤壁《せきへき》の戦《たたか》いなどには影響《えいきょう》はない。小さな波をいくつかくぐりながら、大きな波にたどりつくことがことができれば、きみたちの役目は成功《せいこう》ということになる。

ああ、それから、服装《ふくそう》のことは、もうしわけないが、向こうでなんとか調達《ちょうたつ》してもらうしかない。……さて、そろそろタクシーが着くころだ。急いで洞穴《ほらあな》に行こう」

博士《はかせ》は、三人をうながして、立ち上がった。

灯台《とうだい》のわきにがけ下におりる細い道があった。おり切ると、そこは大小の石がごろごろころがっているせまい海岸だった。うっかりすると波しぶきをあびそうながけよりの道を少し歩くと、左手のがけすそに洞穴《ほらあな》が口をあけていた。高さ三、四メートル、幅《はば》四、五メートルほどの大きさだ。

「五、六百メートルで、向こう側《がわ》にでる。中には大きな岩がけっこうころがっているから、足もとに気をつけるように。これを持っていきなさい」

佐山博士《さやまはかせ》は、そういって、手の中におさまるようなペンライトを蒼一《そういち》にさしだした。

「ただし、向こう側《がわ》には持っていかないように。あやしまれるといけないからね。洞穴《ほらあな》をでるときに、どこかに隠《かく》しておけばいい。もどってくるときに使えるから」

「わかりました」

うなずいて、ペンライトを受けとった蒼一《そういち》は、

「じゃあな」

と信夫《のぶお》に手をふり、夏実《なつみ》をうながして洞穴《ほらあな》にはいっていった。

「さあ、わたしたちも行こう」

佐山博士《さやまはかせ》は、うらめしげに蒼一《そういち》たちを見送っている信夫《のぶお》に声をかけ、来た道をひきかえした。信夫《のぶお》は、眼鏡《めがね》をはずすと、シャツのすそでレンズをふいてかけなおし、もう一度洞穴《ほらあな》の口を見てから博士《はかせ》のあとを追った。

がけの上に上がると、ふたりは家を通りすぎて、そのまま丘《おか》をくだった。丘《おか》のふもとに着くと、ちょうど向こうからタクシーがやってくるところだった。佐山《さやま》博士《はかせ》は、ここだというように、大きく手をふり上げた。タクシーはふたりの目の前に止まり、後部のドアがひらいた。先に信夫《のぶお》を乗せ、つづいて博士《はかせ》が乗りこもうとしたとき、スマホが鳴った。博士《はかせ》はドアに手をかけたまま、スマホを耳にあてた。

——ああ、きみか。どうしたんだね。うん、うん……なにっ、それはたしかかね。ああ、うん、うん、まちがいないんだな。わかった。わざわざ知らせてくれてありがとう。助かったよ。じゃあ、また。

スマホを切った博士《はかせ》は、信夫《のぶお》と運転手に、

「少し待っててくれないか」

というと、急ぎ足で丘《おか》をのぼっていった。

博士《はかせ》がもどってきたのは、それから十分後のことだった。

「またちょっとやっかいなことになった」

シートに腰《こし》をおちつけると、博士《はかせ》は銀髪《ぎんぱつ》をかき上げながら、信夫《のぶお》にいった。

「院長から連絡《れんらく》があってわかったんだが、あの男は、逃《に》げたときにはベッドに寝《ね》ていたときとはまったく別の顔をしていたという。病院をでていくやつを見かけた看護師《かんごし》が、服装《ふくそう》がおなじだったんで、おかしいと思い、院長に報告《ほうこく》したんだそうだ」

「どういうこと？」

「やつは、人間ではなくて、妖怪《ようかい》なんだ」

「えっ、まさか！」

「その〝まさか〟なんだよ。話を聞いてぴんときたんで、書庫へ行って調べてきた。やつは、〝変顔《へんがん》〟という中国《ちゅうごく》の妖怪《ようかい》だ。カメのように首をのびちぢみさせることができ、ちぢめてのばすときにまったくちがう顔になる。男でも女でも、年よりでも若者《わかもの》でも、子どもでも赤《あか》ん坊《ぼう》でも、自由自在《じざい》に変《か》えることができるんだ」

「じゃあ、曹操《そうそう》は妖怪《ようかい》を使ってるの?」

「そうだね。変顔《へんがん》ならスパイにもってこいだ。捕《つか》まっても、服装《ふくそう》さえかえれば、人ちがいで逃《のが》れられるからね。もしかしたら、曹操《そうそう》のもとには妖怪部隊《ようかいぶたい》なんかもあるかもしれない」

「お夏《なつ》たち、大丈夫《だいじょうぶ》かな」

信夫《のぶお》は、心配そうにまゆをよせた。

――アノウ、ドチラヘマイリマショウカ。

運転手がふりむいていった。

「おお、そうだった」

佐山博士《さやまはかせ》は、スマホのボタンをおした。液晶画面《えきしょうがめん》に地図があらわれ、小さな緑色の点がその上を移動《いどう》している。

「やつはN《エヌ》駅に向かっている。N《エヌ》駅へ行ってくれないか」

――カシコマリマシタ。

タクシーが走りだした。

一方、蒼一《そういち》と夏実《なつみ》は、洞穴《ほらあな》を進んでいた。博士《はかせ》のいったとおり、大小の岩がごろごろしていて、歩きにくかったが、ペンライトが小さいわりに強力な光をだすので、助かった。

「ねえ、赤壁《せきへき》の戦《たたか》いの主役って、だれなの」

足もとに気をつけながら、夏実《なつみ》が聞いた。

「そりゃあ、なんといっても劉備《りゅうび》の軍師《ぐんし》の孔明《こうめい》さ。作戦《さくせん》を立てて、戦《たたか》いを指揮《しき》したのは、呉《ご》の参謀《さんぼう》の周瑜《しゅうゆ》だけど、孔明《こうめい》がいなければなんにもはじまらなかったんだ」

蒼一《そういち》が、得意《とくい》げに答えた。三国志《さんごくし》のゲームで仕入れた知識《ちしき》ははんぱじゃない。

「孫権《そんけん》や孫権《そんけん》の重臣《じゅうしん》たちは、曹操《そうそう》と戦《たたか》ってもとても勝ち目はないとあきらめて、降服《こうふく》する気でいたんだよ。そこへたったひとりでのりこんだ孔明《こうめい》が、曹操《そうそう》に降服《こうふく》したらどんなにみじめな待遇《たいぐう》が待っているかを力説《りきせつ》して、孫権《そんけん》の気持ちを変《か》えさせたんだ。だから、孔明《こうめい》がいなかったら赤壁《せきへき》の戦《たたか》いは起こらなかったといってもいいくらいなんだ」

「へえ。孔明《こうめい》って、そんなにすごい人だったんだ」

「すごいなんてもんじゃないよ。軍事《ぐんじ》の天才で、人の心を読みとるのがうまく、すぐれた政治家《せいじか》で、天文をうらなう占星術者《せんせいじゅつしゃ》で、風をあやつれる魔術師《まじゅつし》で、不思議《ふしぎ》な器械《きかい》を発明する発明家で、今のことばでいえば超能力者《ちょうのうりょくしゃ》で、そのころの人には神様みたいに思われてたんだ。

劉備《りゅうび》は、孔明《こうめい》のうわさを聞いて、召《め》しかかえようと、孔明《こうめい》の住まいをたずねたんだけど、会えなかった。あきらめずに、またたずねたけど、会えなかった。それでもこりずに、三度めにたずねていって、ようやく会うことができた。孔明《こうめい》は、劉備《りゅうび》の熱意《ねつい》に負けて、軍師《ぐんし》として仕えることになったんだ。

それからは、劉備《りゅうび》を助けて蜀《しょく》の国の皇帝《こうてい》にまでさせた。劉備《りゅうび》は死ぬとき、もし自分のむすこが皇帝《こうてい》にふさわしくないようだったら、むすこにかわって皇帝《こうてい》になるようにと、孔明《こうめい》にいったそうだよ。もちろん孔明《こうめい》は皇帝《こうてい》にはならないで、劉備《りゅうび》のむすこをもりたてて、蜀《しょく》の国のためにつくしたんだ」

そんなことを話しているうちに、前方が明るくなってきた。蒼一《そういち》はライトを消して、洞穴《ほらあな》のくぼみにおいた。

洞穴《ほらあな》をでると、佐山博士《さやまはかせ》がいっていた景色《けしき》が目の前に広がっていた。

劉備軍 軍師
孔明
風呼符
八卦陣
木牛

「どうする、これから」

蒼一《そういち》は、夏実《なつみ》をかえりみた。佐山博士《さやまはかせ》の話に乗って、洞穴《ほらあな》をくぐったはいいが、赤壁《せきへき》の戦《たたか》いの実現《じつげん》にどうやって力をつくしたらいいのか、まだなんにも考えていなかった。

「とにかく、あそこへ行ってみれば、ようすが分かるんじゃない?」

夏実《なつみ》は、川の向こうに見える城壁《じょうへき》を指さした。

ふたりは、雑木林《ぞうきばやし》をくだりはじめた。

そのときとつぜん、われがねのような声が背後《はいご》からあびせかけられた。

「何者だ、きさまら!」

あの人ほんとに孔《こう》明《めい》さん？

一

びっくりしてふりむくと、見上げるような大男が仁王立《におうだ》ちになって、蒼一《そういち》と夏《なつ》実《み》をにらんでいた。豹《ひょう》のような頭に大きな丸い目をらんらんと光らせ、頬《ほお》からあごにかけて黒いひげをびっしりと生やしている。手には、長い柄《え》の先に蛇《へび》のようにまがりくねった刃《は》をつけた矛《ほこ》を持っている。

「ちょ、張飛《ちょうひ》だ！」

蒼一《そういち》が叫《さけ》んだ。

「なんだと？　なんでおれの名前を知っている」

男の丸い目がさらに大きくなった。

「張飛《ちょうひ》って、だれよ」

夏実《なつみ》がささやいた。

「劉備《りゅうび》の義兄弟《ぎきょうだい》だよ。劉備《りゅうび》と、もうひとり関羽《かんう》と張飛《ちょうひ》の三人は、兄弟のちぎりを

むすんで、乱《みだ》れた世の中を立てなおそうと、立ち上がったんだ。手に持ってるのは、丈八《じょうはち》の蛇矛《じゃぼう》といって、張飛《ちょうひ》の武器《ぶき》として知られてるんだ。一丈《じょう》八尺《しゃく》（約《やく》四・四メートル）もあるんだよ」

「なにをごちゃごちゃいっておるか」

張飛《ちょうひ》と思われる男が、またほえた。

「きさまら、見なれないかっこうをしておるが、どこの国の者だ。子どものようだが、油断《ゆだん》はならぬ。おれの名前を知っているところをみると、おおかた曹操《そうそう》の間者《かんじゃ》であろう」

「ち、ちがいます、ぼくたちは……」

「あたしたちは、未来《みらい》から……」

蒼一《そういち》と夏実《なつみ》がいいおえる間もなく、張飛《ちょうひ》の太い腕《うで》がのびてきて、右腕《みぎうで》で蛇矛《じゃぼう》といっしょに蒼一《そういち》をかかえこみ、左腕《ひだりうで》で夏実《なつみ》をかかえこんだ。

「はなしてよ、はなしてったら！」

夏実《なつみ》が足をばたばたさせても、

「ちがいます、ちがいます！」

蒼一《そういち》がいくら叫《さけ》んでも、

「静《しず》かにせい！」

と一喝《いっかつ》して、張飛《ちょうひ》はのっしのっしと大股《おおまた》で歩きだした。

「ねえ、これからどうなるの、あたしたち」

夏実《なつみ》が、張飛《ちょうひ》の腹《はら》越《ご》しに蒼一《そういち》を見た。

「そんなこと、わかんないよ」

蒼一《そういち》は首をふった。こんな展開《てんかい》になるとは、思いもよらなかった。

しばらく行くと、林を抜《ぬ》けて細い道にでた。道の向こうは、草のしげったゆるやかな斜面《しゃめん》で、その先に銀色に光った川がうねっている。

ぴーぴーぴーという草笛の音が、斜面《しゃめん》のほうから聞こえてきた。見ると、斜面《しゃめん》のなかほどで、一頭の馬が草を食《は》んでいて、そのわきに腰《こし》をおろしている人が吹《ふ》いているようだった。

しばらくすると、草笛の音にかわって、のどかな節回《ふしまわ》しの歌が聞こえてきた。

お空はまんまる地上は碁盤《ごばん》

勝ったり負けたり白と黒
勝てばにっこり
負ければしおしお
けれどもここは別天地《べってんち》
のんびりごろりと横になり
昼寝《ひるね》の夢《ゆめ》でも見ようかい

のびやかで、澄《す》んだ、いい声だった。

歌が終わると、ふたたび草笛が鳴った。

「軍師《ぐんし》、なんだな、その歌は」

蒼一《そういち》と夏実《なつみ》をかかえて斜面《しゃめん》をおりながら、張飛《ちょうひ》がにがわらいした。

「のんびり昼寝《ひるね》の夢《ゆめ》を見るのもいいが、任務《にんむ》をわすれては困《こま》る」

「ははは。これは、たった今わたしが即興《そっきょう》で作ったんですよ」

草笛の主が、わらいながらふりかえった。細面《ほそおもて》で色の白い、まだ若《わか》い男だった。

「任務《にんむ》が終わったら、こうしたいと思ったまで。それより張飛《ちょうひ》どの、その子たちは、どうしたんです」

「こやつらは、曹操《そうそう》の間者《かんじゃ》」

張飛《ちょうひ》は、かかえていた蒼一《そういち》と夏実《なつみ》を乱暴《らんぼう》に若《わか》い男の前に投げだした。

「わしらのことをさぐりに来たものとみえる」

「でも、子どもじゃないですか」

「子どもならだれでも油断《ゆだん》する。そこがつけめではないかな」

「それにしても、おかしなかっこうをしてますね、この子たちは」

若者《わかもの》は、切れ長な目を蒼一《そういち》と夏実《なつみ》にそそいだ。

「やい、きさまら、とっとと白状《はくじょう》しろ。ぐずぐずしておると、その細っこい首が無事《ぶじ》ではすまんぞ！」

張飛《ちょうひ》が、丈八《じょうはち》の蛇矛《じゃぼう》を蒼一《そういち》と夏実《なつみ》の頭上でふった。へびのような刃先《はさき》がぶんと風を切って鳴った。ふたりは思わず亀《かめ》の子《こ》のように首をちぢめた。

「そのように頭ごなしにおどしては、こわがって口もきけないでしょう。わたしが話を聞いてみる」

若者《わかもの》が、張飛《ちょうひ》をおさえて、ふたりに向きなおった。

「そなたたちは、ほんとうに曹操《そうそう》の間者《かんじゃ》なのか？　正直にいえば、命は助けよう」

「あなたは孔明《こうめい》さんですね。さっき、張飛《ちょうひ》さんがあなたを軍師《ぐんし》とよんでいたので、わかりました」

蒼一《そういち》がいった。

「そして、あなたたちは、呉《ご》の孫権《そんけん》を味方につけるために、これから柴桑《さいそう》へ行くところじゃないんですか」

「いかにもわたしは諸葛亮孔明《しょかつりょうこうめい》だ。わたしたちの名を知り、目的《もくてき》を知っているところを見ると、そなたたちは、やはり曹操《そうそう》の間者《かんじゃ》か」

若者《わかもの》——孔明《こうめい》の表情《ひょうじょう》がひきしまり、張飛《ちょうひ》が蛇矛《じゃぼう》をかまえなおした。

「あたしたちは、曹操《そうそう》の間者《かんじゃ》なんかじゃないわ！」

夏実《なつみ》が叫《さけ》んだ。

「あたしたちは、未来《みらい》から来たのよ」

「未来《みらい》?」

孔明《こうめい》がいぶかしげに首をかしげた。

「そうよ。この時代から二千年後の世界から来たのよ。だから、あんたたちがどう行動するか、なにからなにまで知ってるのね。赤壁《せきへき》の戦《たたか》いの結果《けっか》だって、わかってるわ」

「赤壁《せきへき》の戦《たたか》い? なんだ、それは」

張飛《ちょうひ》が口をはさんだ。

「赤壁《せきへき》の戦《たたか》いっていうのはね、えーと、えーと……蒼太《そうた》、説明《せつめい》してやって」

夏実《なつみ》は蒼一《そういち》にバトンタッチした。いつもなら、得意《とくい》げにとうとうとまくしたてるところだが、三国志《さんごくし》にくわしくない夏実《なつみ》としては、蒼一《そういち》にゆずるしかない。

「オーケー」

蒼一《そういち》は、うなずいて、赤壁《せきへき》の戦《たたか》いについて張飛《ちょうひ》と孔明《こうめい》に話した。

「見てきたようなうそをつくな」

蒼一《そういち》が話し終えると、張飛《ちょうひ》は、疑《うたが》わしげにふんと鼻を鳴らした。

「曹操《そうそう》が大敗《たいはい》するなどという作り話で、おれたちをよろこばせ、この場を逃《のが》れようとするつもりだろうが」

「ほんとうです。ぜったいに今話したようになるんです。孔明《こうめい》さんに信《しん》じてくれますよね」

「うむ。にわかには信《しん》じがたい話だが……」

孔明《こうめい》は顔を上げて、蒼一《そういち》と夏実《なつみ》を見た。

「そなたたちが、未来《みらい》から来たというたしかな証拠《しょうこ》があれば、信《しん》じられる」

「ぼくたちのこのかっこうが、証拠《しょうこ》です」

蒼一《そういち》は、自分と夏実《なつみ》を指さした。

「かわった身なりなど、工夫をすればだれでもできる。それより、なにか、わたしたちが生きているこの時代ではぜったいにありえないものはないか」

「うーん」

蒼一《そういち》は弱った。そんなもの、持っていない。

「あるわよ！」

夏実《なつみ》が叫《さけ》んで、スカートのポケットからなにか取りだした。

「あっ、それ……！」

佐山博士《さやまはかせ》から渡《わた》されたペンライトだった。たしか洞穴《ほらあな》をでるときに、洞穴《ほらあな》のくぼみに置《お》いてきたはずだったが――。

「なにかあるといけないと思って、持ってきたのよ」

夏実《なつみ》は、得意《とくい》そうに鼻をうごめかした。

「見せろ！」

張飛《ちょうひ》が太い腕《うで》をのばして、夏実《なつみ》の手からペンライトをつかみとった。

「なんだ、これは」

大きな手でいじくりまわしているうちに、スイッチにふれたらしく、強烈《きょうれつ》な光が矢のように張飛《ちょうひ》の目を射《い》た。

「うわっ」

おどろいて張飛《ちょうひ》が投げだしたペンライトを、孔明《こうめい》がひろい上げた。

「これはおもしろい。仕組みはどうなっているのだ」

孔明《こうめい》は、非常《ひじょう》に興味《きょうみ》を持ったらしく、スイッチをつけたり消したりしながら、明かりを手や顔にあてて見ている。蒼一《そういち》が、仕組みを教えてやると、なおも熱心《ねっしん》にいじっていたが、やがて返しながらいった。

「なるほど。こういうものは、たしかにこの時代にはない。そなたたちが未来《みらい》から来たことを信《しん》じよう。張飛《ちょうひ》どのはどうかな」

「おれは最初《さいしょ》から信《しん》じていた。わざとああいって、こやつらをためしたのだ」

張飛《ちょうひ》は、ぬけぬけといった。

「ところで軍師《ぐんし》、こうなると、こやつらをここで放免《ほうめん》するわけにはいかなくなりましたな。曹操《そうそう》のところへ行って、火攻《ひぜ》めに気をつけるようにと忠告《ちゅうこく》でもされたら、われらの勝ちがおぼつかなくなる。われらとともに、柴桑《さいそう》へ行ってもらわねば」

「気の毒《どく》だが、そういうことになるかな」

孔明《こうめい》はふたりをかえりみた。

気の毒《どく》どころか、ふたりにとっては、願《ねが》ってもない成《な》り行《ゆ》きだ。

「どうにかなったじゃない」

夏実《なつみ》がささやいた。

二

柴桑《さいそう》まで行くなら、そのかっこうでは目立ってまずいだろうと、張飛《ちょうひ》が近くの村へ行って、子どもの服を二着調達《ちょうたつ》してきた。一頭のロバもつれてきた。

「そなたたちには、未来《みらい》での名前があるだろうが、旅のあいだは、この時代にふさわしい名をつけたほうがよいと思う」

孔明《こうめい》がいった。

「そのことなら、もう考えてあるわ」

夏実《なつみ》がにっこりわらった。

「あたしは、夏の花と書いて、夏花《かか》。この子は、蒼太《そうた》と書いて、ソータイと読むの」

「いつのまに考えたんだい」

蒼一《そういち》はびっくりした。

「たった今よ」

夏実《なつみ》はすまして答えた。

「では、夏花《かか》はわたしといっしょに馬に乗るがいい。蒼太《そうたい》はロバに乗るのだ」

孔明《こうめい》は、ひらりと馬にまたがると、夏花《かか》の手をとって自分の前に乗せた。

蒼太《そうたい》は、おっかなびっくり、ロバにまたがった。なれているらしく、ロバはおとなしくしていた。

「では、行こうか」

背中《せなか》にななめに古びた剣《けん》を背負《せお》った孔明《こうめい》が手綱《たづな》をとると、蛇矛《じゃぼう》を肩《かた》にかついだ張飛《ちょうひ》がひき綱《づな》を持って、ゆったりと馬を歩ませた。蒼太《そうたい》の乗ったロバが、あとにつづいた。

川を右手にして雑木林《ぞうきばやし》のすそにそってしばらく行くと、道は左に折《お》れ、しだいに川から遠ざかった。

変《へん》だなと気がついたのは、川がすっかり見えなくなったころだった。蒼太《そうたい》は、ロバを急がせて、孔明《こうめい》の馬によせた。

「あのう、ちょっと聞いてもいいですか」

「なんだね」

孔明《こうめい》が、切れ長な目を蒼太《そうたい》に向けた。

「柴桑《さいそう》は、長江《ちょうこう》の下流にあるんでしょ。夏口《かこう》からは舟《ふね》で柴桑《さいそう》に行けるはずです。どうして舟《ふね》を使わないんですか。『三国志《さんごくし》』でも、孔明《こうめい》さんは舟《ふね》で柴桑《さいそう》に向かっていますよね」

「それはだね」

孔明《こうめい》がいいかけると、

「たしかに、舟《ふね》で行けば便利《べんり》だし、時間もかからない。だが、それはだれもが考えることだ」

張飛《ちょうひ》が、さえぎるように、かわって答えた。

「夏口《かこう》には曹操《そうそう》の間者《かんじゃ》がはいりこんでいる。孔明軍師《こうめいぐんし》が舟《ふね》ででかけようものなら、すぐに呉《ご》に行くとわかって、曹操《そうそう》に報告《ほうこく》され、警戒《けいかい》されるにきまっている。だから、その裏《うら》をかいて、陸路《りくろ》を行くことにしたのさ。曹操《そうそう》の間者《かんじゃ》は、孔明軍師《こうめいぐんし》がまだ夏口《かこう》を動かないとみて、安心しているだろう」

「そうだったんですか」

蒼太《そうたい》はうなずいたが、まだ完全《かんぜん》になっとくしたわけではなかった。

もうひとつ、蒼太《そうた》の首をかしげさせることがあった。曹操《そうそう》と対決するため、呉《ご》を味方にひきいれる重大な使命を帯《お》びているにしては、孔明《こうめい》も張飛《ちょうひ》もなんだかのんびりしているのだ。ぽくりぽくりと馬を歩ませ、とくに急ぐようすもない。張《ちょう》飛《ひ》は、たいくつそうに大きなあくびをくりかえし、孔明《こうめい》は孔明《こうめい》で、例《れい》の「お空はまんまる地上は碁盤《ごばん》——」という歌をあきもせずにくちずさんでいる。

「ねえ、ほんとにそう思ってるの？」

夏花《かか》が孔明《こうめい》に顔を向けた。

「なにがだい？」

「ごろりと横になって、昼寝《ひるね》の夢《ゆめ》を見たいって」

「ああ、そのことか。ほんとうだよ」

孔明《こうめい》は、まじめな顔で答えた。

「わたしは、こんどの任務《にんむ》を終えたら、故郷《こきょう》に帰って、畑をたがやしながらのんびり暮《く》らそうと思っている」

「まさか。本気ですか？」

蒼太《そうたい》はおどろいて孔明《こうめい》を見上げた。

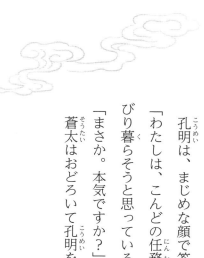

「あなたは、赤壁《せきへき》の戦《たたか》いに勝ったあと、劉備《りゅうび》さんを助けて蜀《しょく》にはいり、劉備《りゅうび》さんを皇帝《こうてい》にして蜀《しょく》の国を建《た》てるんですよ。そのことは歴史《れきし》の本にちゃんと書いてあります」

「そうか。歴史《れきし》がそうなっているなら、たぶんそうなるんだろうな」

孔明《こうめい》は、ひとごとのようにいった。

「ついでに、おれのことも教えてくれ」

張飛《ちょうひ》が口をはさんだ。

「おれの最後《さいご》はどんなふうになるんだ」

「そ、それは……」

蒼太《そうたい》はくちごもった。

「わ、わかりません。そこまで本には書いてありませんから」

「わははは。おおかた、ろくな死に方をしないんで、知っててもいえないのであろう。なに、無理《むり》に知ろうとは思わん。どんな死に方をしようと、それまでせいいっぱい生きればいいんだからな」

蒼太《そうたい》はほっとした。この時から十三年後、張飛《ちょうひ》は部下にうらぎられて殺《ころ》されるのだ。

雑木林《ぞうきばやし》をはなれ、ほこりっぽい道を半日ほど歩くと、行く手に村が見えてきた。

「のどがかわいた。あそこで白湯《さゆ》でももらおう」

孔明《こうめい》がいった。

「おれは、白湯《さゆ》より酒がいい」

張飛《ちょうひ》がにやりとわらった。

くずれかけた土塀《どべい》にかこまれた小さな村だった。立木に馬とロバをつないで、四人は村にはいっていった。村はひっそりとしていて、ひとけがなかった。歩いていてもだれにも会わず、家を一軒《けん》一軒《けん》のぞいても、だれもでてこない。

「どうなってるんだ」

張飛《ちょうひ》が、ひげをなでながら首をかしげていると、右手の家から腰《こし》のまがったおばあさんがでてきた。張飛《ちょうひ》を見ると、ひゃっと声を上げて、あわてて家の中に逃《に》げこんだ。

「なんでおれを見て逃《に》げる」

張飛《ちょうひ》は、憮然《ぶぜん》として頬《ほお》をふくらませた。

「そのひげづらと蛇矛《じゃぼう》を見れば、だれだってこわがる」

孔明《こうめい》は、わらいながら戸口に歩みより、声をかけた。

「おばあさん、こわがらなくともいいですよ。あやしい者ではありません。旅の途中《とちゅう》で、のどがかわいたものだから、白湯《さゆ》でも飲ませてもらおうと思ってよったんです」

孔明《こうめい》のおだやかな声に安心したのか、おばあさんが顔をだし、四人を中に招《まね》きいれた。

土間にはかまどがしつらえられていて、釜《かま》がかかっていた。おばあさんは、欠《か》けた茶わんに釜《かま》から湯をいれて、四人にさしだした。孔明《こうめい》と蒼太《そうた》と夏花《かか》は、かわいたのどを白湯《さゆ》でうるおしたが、張飛《ちょうひ》は白湯《さゆ》には見むきもせず、

「ばあさん、酒はあるか」

と、銭《ぜに》をばらりと卓《たく》の上に投げだした。

おばあさんは、さっと銭《ぜに》をつかみとってふところにいれると、土間の奥《おく》から取っ手のついた瓶《かめ》をかかえてよろよろと運んできた。

「よし、よし」

張飛《ちょうひ》は、うれしそうにわらって瓶《かめ》を受けとると、取っ手をつかんで、瓶《かめ》からじかに飲みはじめた。

「おばあさん、この村はなんていうんだい」

白湯《さゆ》のおかわりをしてもらいながら、孔明《こうめい》がたずねた。

「東河村《とうかそん》といいますじゃ」

しわがれ声で、おばあさんが答えた。

「東河村《とうかそん》か。見たところ、村にはだれもいないようだが、なにかあったのかね」

「みんな、石塔《せきとう》のことで談判《だんぱん》に、川向こうの西河村《せいかそん》へ行ってますじゃ。向こうもこっちもかっかしておるでの、血の雨が降《ふ》らにゃえぇが」

「談判《だんぱん》？　血の雨？　では、もめごとだな。なんとかしなくちゃ」

孔明《こうめい》は、茶碗《ちゃわん》をおいて勢《いきお》いよく立ち上がった。

「ちょっ、またはじまった」

張飛《ちょうひ》は、顔をしかめてつぶやくと、ぐいっと酒をあおって孔明《こうめい》に声をかけた。

「軍師《ぐんし》、よけいなおせっかいはしないほうがいい。いつものように、みじめな思いをするだけだ」

すると孔明《こうめい》は、空気がぬけた風船玉のように、力なくまたいすに腰《こし》をおろしてしまった。

「そうそう。そうやっておとなしくしているのがいちばんいい」

「なにもそこまでいわなくても……」

孔明《こうめい》は張飛《ちょうひ》をにらみつけたが、張飛《ちょうひ》は知らん顔で酒をあおりつづけている。

「ちょっと、外を歩いてみないか」

なんだかおかしな雰囲気《ふんいき》になってきたので、蒼太《そうたい》は夏花《かか》をうながして、外にでた。

村をでて少し行くと、川にぶつかった。広い川原《かわら》の先に船着き場があり、東河《とうか》村《そん》の村人と思われる大勢《おおぜい》の女や年よりや子どもたちが、なにかを待っているようにかたまっていた。

ふたりは、川に沿《そ》った土手を歩いていった。しばらく行くと、向こうから男がやってきた。男は、ふたりの前でぴたりと足をとめた。すらりとした長身の若《わか》い男だった。墨《すみ》で描《か》いたようにきれいなまゆに切れ長な目。すっと通った鼻筋《はなすじ》にうすく紅《あか》いくちびる。絵に描《か》いたような美青年だった。

「やあ」

若者《わかもの》は、白い歯を見せて親しげにわらいかけながら、切れ長な目でじっと夏花《かか》を見た。若者《わかもの》の目は緑色をしていた。

「どこへ行くんだい？」

「さ、さんぽ、です」

いつもの気の強さはどこへやら、頬《ほお》をそめ、はずかしそうにもじもじしながら、夏花《かか》が答えた。そんな夏花《かか》を見るのははじめてだった。イケメンの青年に見つめられて、ぼーっとなってしまったようだ。

「そう。わたしもいっしょに行っていいかな」

「え、ええ」

夏花《かか》は、ますます頬《ほお》を赤らめた。

「じゃあ、川のほうへ行ってみようか」

若者《わかもの》が手をさしだすと、夏花《かか》は、うれしそうにその手を取った。ふたりは手をつないで、土手をおりはじめた。

「ちょっと待てよ、夏花《かか》！」

蒼太《そうたい》はあわててよびとめた。

「孔明《こうめい》さんたちが待ってる。もどろうぜ」

すると、若者《わかもの》が足を止めてふりかえり、蒼太《そうたい》をにらみつけた。その顔が一瞬《いっしゅん》のうちに変《か》わった。目はお椀《わん》のように大きく、鼻はひしゃげ、口は三日月形に裂《さ》けている。

変《か》わったのは顔だけではない。すらりとした背《せ》たけが三尺《しゃく》ほどにちぢまり、手足はひょろ長く、やせほそっていて、手の指は骨《ほね》ばっていて異様《いよう》に長い。腹《はら》がぷくりと大きくふくれ、長い髪《かみ》が海草のようにねじれて肩《かた》までたれさがっていた――。

「ば、ばけ物！　よ、妖怪《ようかい》！」

全身が総毛《そうけ》立って、蒼太《そうたい》はその場に立ちすくんだ。

「じゃまするな」

妖怪《ようかい》はしわがれ声でいうと、骨《ほね》ばった手で夏花《かか》の手をひいて、ふたたび土手をおりはじめた。夏花《かか》の目には、美青年にうつっているのか、いそいそとついていく。

「夏花《かか》、目をさませ！　そいつは妖怪《ようかい》だぞ！」

呪縛《じゅばく》がとけたように、蒼太《そうたい》は叫《さけ》んであとを追った。すると妖怪《ようかい》は、夏花《かか》を抱《だ》きかかえて土手をかけおり、川原《かわら》を川に向かって走った。

そのとき、船着き場で歓声《かんせい》が上がった。ちょうど一艘《いっそう》の舟《ふね》が着き、積《つ》み荷《に》がおろされたところだった。積《つ》み荷《に》はなにやら細長いもので、十数人の男たちがひき綱《づな》をひいて川原《かわら》をひきずりだした。そのあとから、こん棒《ぼう》や竹ざおを持った十人くらいの男たちと船着き場にいた東河村《とうかそん》の村人たちが、かけ声をかけながらつきしたがった。

それを見て妖怪《ようかい》は、ぎょっとしたように足を止めたが、つぎの瞬間《しゅんかん》、「ひゃああ」と奇妙《きみょう》な叫《さけ》び声を上げて夏花《かか》をほうりだし、あわてて水ぎわに走っていったかと思うと、川に飛《と》びこんで姿《すがた》を消してしまった。

蒼太《そうたい》は、じゃりの上に投げだされた夏花《かか》のところへかけよった。

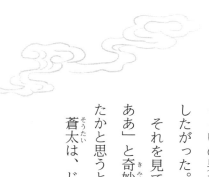

「大丈夫《だいじょうぶ》かよ」

かかえ起こすと、夏花《かか》は夢《ゆめ》からさめたみたいにきょろきょろとあたりを見まわした。

「あの人はどこへ行ったの？」

「しっかりしろよ。あいつは妖怪《ようかい》だよ」

「妖怪《ようかい》？　なにいってんのよ、あんなきれいな人が」

「ほんとだってば。おれ、この目で見たんだ」

「ちょっと待って。あれ、なによ」

自分が見たものを話そうとする蒼太《そうた》をさえぎって、夏花《かか》が岸辺を指さした。

さっき例《れい》の妖怪《ようかい》が消えたあたりに、男たちにひき綱《づな》でひかれてきた舟《ふね》の積《つ》み荷《に》が建《た》てられていた。それは一本の石塔《せきとう》だった。高さは九尺《しゃく》あまり(約《やく》三メートル)、最大幅《さいだいはば》は三尺《しゃく》あまり（約《やく》一メートル）の円錐形《えんすいけい》をした自然石《しぜんせき》で、吸《す》いこまれるような深い青色をしている。

東河村《とうかそん》の村人たちは、石塔《せきとう》を取りかこみ、ほっとしたように石塔《せきとう》を見上げていた。

三

にわかに船着き場がさわがしくなった。一艘《いっそう》の舟《ふね》が着き、手に手にこん棒《ぼう》や竹ざおを持った男たちが二十人あまり、ばらばらと舟《ふね》から飛《と》びおりて、石塔《せきとう》のほうにかけよってくる。

「来たぞ！」

「西河村《せいかそん》のやつらだ！」

「石塔《せきとう》を守れ！」

「ぜったいにやつらに渡《わた》すな！」

男たちが、石塔《せきとう》を背《せ》にしてこん棒《ぼう》や竹竿《たけざお》をかまえ、女や年よりや子どもたちが川原《かわら》の石ころを手にした。

西河村《せいかそん》の男たちは、わあーっとかん声《せい》を上げ、手にした得物《えもの》をふり上げて突進《とっしん》してきた。東河村《とうかそん》の男たちも、負けじとむかえうった。ばちばちばちと、竹《たけ》ざおやこん棒《ぼう》がはげしい勢《いきお》いで打ちあわされた。男たちの背後《はいご》からは、女や子どもや年よりたちが、川原《かわら》の小石や棒切《ぼうき》れをばんばん投げつける。怒号《どごう》と悲鳴《ひめい》が川原《かわら》じゅうにひびきわたった。

そのとき、血相《けっそう》を変えた孔明《こうめい》が、二三をかけおりてきた。

「やめろ、やめろ！　争《あらそ》いはやめるんだ！」

孔明《こうめい》は、声をかぎりに叫《さけ》びながら、川原《かわら》に走っていった。そして、争《あらそ》っている人たちの群《む》れに飛《と》びこんで、腕《うで》をふりまわして必死《ひっし》で止めようとしたが、なぐられ、こづきまわされ、けとばされて、たちまちはじき飛《と》ばされてしまった。

孔明《こうめい》は、こりずに、また飛《と》びこんでいってははじき飛《と》ばされた。何度もそれをくりかえしているうちに、着物はやぶれ、顔はふくれ上がり、手足は傷《きず》だらけになった。それでも、よろよろとよろめきながら、乱闘《らんとう》の中に飛《と》びこんでいく。

「たいへん。このままだと、孔明《こうめい》さんが殺《ころ》されちゃう」

「なんとか助けなくちゃ」

夏花《かか》と蒼太《そうた》は、乱闘《らんとう》の中に飛《と》びこんだ。こん棒《ぼう》や竹ざおの嵐《あらし》をかいくぐり、肩《かた》や手をたたかれながら、死にもの狂《ぐる》いで孔明《こうめい》を乱闘《らんとう》の外にひきずりだした。とこ

ろが孔明《こうめい》は、ふたりの手をふりはらって立ち上がり、また、乱闘《らんとう》している人たちのほうによろよろと近づいていこうとする。

「だめよ、行っちゃ。死んでしまうわ」

「ここにいてください！」

必死《ひっし》で止めている夏花《かか》と蒼太《そうたい》のわきを、そのとき、蛇矛《じゃぼう》をかかえた張飛《ちょうひ》が疾風《しっぷう》のようにかけぬけた。

張飛《ちょうひ》は、そのまま乱闘《らんとう》の中に飛《と》びこんでいき、蛇矛《じゃぼう》をふるった。竹ざおやこん棒《ぼう》をはじき飛《と》ばし、向かってくる男たちを長い柄《え》で容赦《ようしゃ》なくたたきふせた。巨大《きょだい》な猪《いのしし》があばれくるっているようだった。あまりのすさまじさに、女や子どもや年よりたちは、恐怖《きょうふ》にふるえてわれさきに逃《に》げだした。

やがて、川原《かわら》には立っている男はひとりもいなくなった。みんな、手や足や頭をかかえてうずくまるか、長々とじゃりの上にのびていた。あちこちからうめき声がもれている。

「さあ、なんでこんな争《あらそ》いになったか、いってみろ」

張飛《ちょうひ》は、蛇矛《じゃぼう》を手に持ち、川原《かわら》の大きな石に腰《こし》をおろすと、丸い目を見開いてうめき声を上げている男たちをねめまわした。酒でその顔はまっ赤になっていたが、息は少しもみだれていなかった。

川原《かわら》に倒《たお》れている男たちは、うめき声を上げるばかりで、だれも返事をしない。逃《に》げ散《ち》った女や子どもや年よりたちがもどってきて、おそるおそるなりゆきを見まもっている。

「どうした。だれも説明《せつめい》できんのか！」

ひげを逆《さか》だてて張飛《ちょうひ》がどなると、ふたりの男が、よろよろとはうようにして張《ちょう》飛《ひ》の前にやってきた。

「お前たちは？」

「わたしは、ここの東河村《とうかそん》の村長《むらおさ》です」

男のひとりがいった。

「わたしは、川向こうの西河村《せいかそん》の村長《むらおさ》です」

もうひとりの男がいった。

「ふむ。で、ふたつの村がなんで争《あらそ》うようなことになったのだ」

張飛《ちょうひ》は、ひげをしごきながら、ふたりの村長《むらおさ》を見やった。

「それは、こういうわけからです――」

そういって、東河村《とうかそん》の村長《むらおさ》が話しはじめた。


東河村《とうかそん》と西河村《せいかそん》の境《さかい》を流れる黒河《こくが》には、たくさんの水鬼《すいき》がすんでいた。水鬼《すいき》は、水落鬼《すいらくき》、水浸鬼《すいしんき》ともよばれている水中の妖怪《ようかい》で、川や湖や池や沼《ぬま》などでおぼれて死んだ者がなるという。

この黒河《こくが》にすむ水鬼《すいき》たちは、東河村《とうかそん》に

しょっちゅうあらわれては、村人をまどわして水中にひきずりこんでいた。ときにはおぼれ死にさせることもある。これは、水鬼《すいき》が生きている人を身代わりにして自分が生きかえろうとするためだった。

水鬼《すいき》は、昼間でもあらわれた。こびきりの美青年や絵から抜《ぬ》けでてきたような美女にばけて、女や男をたぶらかす。どんなに用心していても、水鬼《すいき》の緑色の目で見つめられると、ぼうーとなってなにがなんだかわからなくなり、水鬼《すいき》のいうとおりに水の中にはいってしまうのだ。

こうした水鬼《すいき》のしわざに、村人たちはほとほと弱りきっていた。するとある日、旅の僧《そう》が村を通りかかった。

「なるほど。それはさぞお困《こま》りでしょう」

水鬼《すいき》になやまされていることを聞いた僧《そう》は、村人に同情《どうじょう》した。

「少し時間がかかりますが、わたしがなんとかしてさしあげましょう」

そういうと、僧《そう》は村を去った。

一年後、僧《そう》はふたたび村を訪《おとず》れた。馬に荷車をひかせていた。荷車には、青石で作った石塔《せきとう》が積《つ》んであった。

「この石には、水鬼《すいき》を追いはらう魔力《まりょく》がこもっています」

僧《そう》は村人にいった。

「この石塔《せきとう》を川岸に建《た》てておけば、水鬼《すいき》は二度とあらわれないでしょう」

村人は、僧《そう》にいわれたとおり、川岸に石塔《せきとう》を建《た》てた。するとはたして、僧《そう》のいったとおり、それからは水鬼《すいき》はあらわれなくなったので、東河村《とうかそん》の人たちはよろこんだ。

「ところが、こんどは、わしらの村がひどい目にあうことになったんです」

西河村《せいかそん》の村長《むらおさ》が、口をひらいた。

石塔《せきとう》のせいで東河村《とうかそん》にでられなくなった水鬼《すいき》たちは、対岸の西河村《せいかそん》にあらわれるようになり、村人たちを川にひきずりこんだり、おぼれ死にさせはじめた。

これまで水鬼《すいき》の被害《ひがい》を受けたことがなかった西河村《せいかそん》の人たちは、びっくりぎょうてんした。調べてみると、東河村側《とうかそんがわ》に青石の石塔《せきとう》が建《た》てられたせいで、水鬼《すいき》がこっちに逃《に》げてきたのだとわかった。

「どうすればいいんかな」

「こっち側《がわ》にも、同じ青い石の石塔《せきとう》を建《た》てればいいんじゃねえか」

「それが、旅の坊《ぼう》さんはどこのだれだかわからねえし、青い石もどこから運んできたかわからねえそうだ」

「こうなったら、石塔《せきとう》をこっち側《がわ》に持ってくるしか手はねえな」

というわけで、西河村《せいかそん》の人たちは、ある夜こっそり舟《ふね》で対岸に渡《わた》り、石塔《せきとう》を運んで自分たちの岸辺にすえなおしてしまった。

すると、思ったとおり、水鬼《すいき》は向こう岸に逃《に》げてしまった。

「やれやれ、これでひと安心だ」

西河村《せいかそん》の人たちは、ほっと肩《かた》の荷をおろした。

おさまらないのは、また水鬼《すいき》があらわれるようになった東河村《とうかそん》の村人たちだ。

「こんなばかなことがあるか」

「あの石塔《せきとう》はおれたちの村のものだぞ」

「とりもどそうぜ」

東河村《とうかそん》の人たちは、かんかんに怒《おこ》って、西河村《せいかそん》から石塔《せきとう》を取りもどし、もとのところにすえつけた。

それからも石塔《せきとう》は何度か両岸を行ったり来たりし、ふたつの村の争《あらそ》いもはげしさをまして、とうとう、村じゅうあげてのこんどの大乱闘《だいらんとう》になったのだった。

「なるほど。そういうわけだったのか。さて、この争《あらそ》いをやめさせるには、どうしたらいいかの」

張飛《ちょうひ》は、話を聞き終えると、腕《うで》を組んでしばらく考えていたが、やがて腕組《うでぐ》みをとくと、

「いい考えがうかんだぞ。おい、石塔《せきとう》はどこにある」

丸い目をぎょろりとさせて、ふたりの村長《むらおさ》を見た。

「こちらです」

東河村《とうかそん》の村長《むらおさ》が立ち上がって、川岸のほうに歩きだした。張飛《ちょうひ》を先頭に、孔明《こうめい》や夏花《かか》や蒼太《そうたい》、ふたつの村の男たちと女、子ども、年よりたちがぞろぞろと後につづいた。

四

「こんな石のどこに魔力《まりょく》がこもっているのだ。さっぱりわからん」

石塔《せきとう》を見た張飛《ちょうひ》は、首をひねったが、すぐに、

「まあ、そんなことはどうでもよいわ」

とつぶやいて、腰《こし》をおとし、丸太のような両腕《りょううで》を石塔《せきとう》にまきつけた。そして、

「うん！」とひと声気合いをいれて、石を持ち上げようとした。

「む、むちゃだ」

「持ち上げられるわけがない」

「そうさ。大の男が十人がかりでやっとひきずってきたんだからな」

村人たちのあいだから、声が上がった。

「張飛《ちょうひ》さん、やめたほうがいいよ」

「そうよ。けがをするわ」

蒼太《そうたい》と夏花《かか》が止めた。

孔明《こうめい》はだまって首をふっている。

しかし張飛《ちょうひ》は、

「なんの、これしき」

と、さらに腰《こし》をおとし、顔をまっ赤にして力をいれた。すると、張飛《ちょうひ》の腰《こし》がのびるにしたがって、石塔《せきとう》がずずずずっとせり上がっていった。

「う、動いた！」

「持ち上がったぞ！」

「す、すげえ！」

村人たちがおどろきあきれていると、張飛《ちょうひ》は、石塔《せきとう》を胸《むね》のあたりまで持ち上げ、横抱《よこだ》きにしてざぶざぶと川の中にはいっていった。そして、腰《こし》のあたりまで水につかったところで大きく体をひねり、力いっぱい石塔《せきとう》をほうり投げた。石塔《せきとう》は弧《こ》をえがいて川の中ほどあたりまで飛《と》んでいき、ざぶんと水しぶきをあげて水中にしずんだ。

石塔《せきとう》がしずんだのを見とどけると、張飛《ちょうひ》はゆっくりと岸辺にもどってきて、あぜんとしている村人たちに向かっていった。

「石塔《せきとう》は黒河《こくが》のまん中にある。水鬼《すいき》どもは、石塔《せきとう》の魔力《まりょく》を恐《おそ》れて、東の岸と西の岸に分かれてすむ。すなわち、どっちの村にもあらわれるわけだ。これでけんか両成敗《りょうせいばい》。文句《もんく》はなかろう。わっはっはっ」

大きな口をあけて張飛《ちょうひ》は高わらいした。

「そ、そんなあ」

「ひ、ひどい」

ふたつの村の村人たちは、うらめしげに張飛《ちょうひ》を見やった。

「ちょっと、張飛《ちょうひ》さん。これじゃなんの解決《かいけつ》にもならないんじゃない」

「そうだよ。村の人たちがかわいそうだ」

夏花《かか》と蒼太《そうた》も怒《おこ》って張飛《ちょうひ》につめよった。

「ふん。なら、おまえたちにいい解決策《かいけつさく》があるのか。あるならいってみろ」

張飛《ちょうひ》に反撃《はんげき》されて、ふたりはつまった。

「とにかく、これで一件落着《いっけんらくちゃく》。さあさあ、みんな、帰った、帰った」

そういって張飛《ちょうひ》がひらひらと手をふったときだった。黒河《こくが》のまん中あたりで、ざざざーっと大きな水音がした。

「な、なんだ?」

張飛《ちょうひ》も孔明《こうめい》も夏花《かか》も蒼太《そうたい》も、そして村人たちも、いっせいに川に目をやった。

川の中央に水柱《みずばしら》が立っていた。水柱《みずばしら》はずんずん大きくなっていき、やがて止まった。すると、吹《ふ》き上《あ》げていた水がざざーっと流れおちていき、水に隠《かく》されていたものが姿《すがた》をあらわした。人々の目が、それに釘《くぎ》づけになった。おどろきのあまり、声もでなかった。

それは、張飛《ちょうひ》が川にほうりこんだ石塔《せきとう》だった。今は、三丈《じょう》(約《やく》九メートル)ほどの高さになって、川の中にすっくと立っていた。てっぺんからは青い光がいくすじも稲妻《いなずま》のように流れおち、川面に接触《せっしょく》するとパチパチとはじけて、青い火花をちらしている。

「どうなってるんだ」

張飛《ちょうひ》が首をひねりながら、川にはいっていこうとした。

そのとき、石塔《せきとう》のまわりの水面がざわざわと波立ち、しぶきを上げながら石塔《せきとう》を中心にして渦《うず》をまきはじめた。渦《うず》はしだいに大きくなっていき、中心がもり上

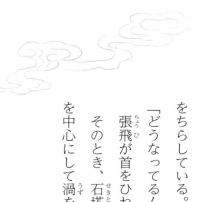

がって石塔《せきとう》にまきつくようにしてらせん状《じょう》に上昇《じょうしょう》した。まるで竜巻《たつまき》のようだった。

よく見ると、竜巻《たつまき》はたくさんの水鬼《すいき》の集まりだった。折《お》り重《かさ》なるようにして、上へ上へとのぼっていく。

石塔《せきとう》のてっぺんまでのぼりつめた竜巻《たつまき》は、そのままぐんぐん空高くのぼっていき、やがてはるか上空で空に吸《す》いこまれるようにしてすーっと消えていった。すると、役目が終わったかのように、川の中の青い石塔《せきとう》がずぶずぶと沈《しず》んでいき、やがて水中に没《ぼっ》した。川の流れがふたたびおだやかになった。

「見たか」

張飛《ちょうひ》が、水鬼《すいき》が消えた上空を指さしながら、村人たちに顔を向けた。

「水鬼《すいき》は、昇天《しょうてん》したぞ。これからは、もうあやつらになやまされることはない。これもみんな、あの石のおかげだ。石塔《せきとう》を建《た》てた坊主《ぼうず》は、石の力がここまであるとは思わなかったんだろうな。だから岸辺に建《た》てただけですましたのさ。だが、おれさまは、最初《さいしょ》からこの石の魔力《まりょく》を見抜《みぬ》いて、石塔《せきとう》を川の中に投げこんだのだ」

張飛《ちょうひ》は、蛇矛《じゃぼう》をとんと突《つ》くと、得意満面《とくいまんめん》で、そっくりかえるほど胸《むね》をはった。

「あらあら、あんなこといってる。さっきはちがうことといってたのにね」

夏花《かか》が蒼太《そうたい》の腕《うで》をつついてささやいた。

「こういうのを〝けがの功名《こうみょう》〟っていうんじゃないかな」

「なによ、それ」

「なにげなくやったことが、ぐうぜん、いい結果になるってことさ」

とはいえ、張飛《ちょうひ》のおかげで長年のなやみが消えさったことは事実だったから、東河村《とうかそん》の人も西河村《せいかそん》の人も、張飛《ちょうひ》の前にひざまずいて、ありがたやありがたやと、ふしおがんだ。

それから張飛《ちょうひ》は、東河村《とうかそん》の村長《むらおさ》の家に案内《あんない》され、手厚《てあつ》いもてなしを受けた。もちろん、ほかの三人もいっしょで、孔明《こうめい》は傷《きず》の手当てを受け、蒼太《そうたい》と夏花《かか》もごちそうをふるまわれた。

「軍師《ぐんし》、まあ、そうくよくよしなさんな」

ぐびぐびと、大きな杯《さかずき》で酒を飲みながら、張飛《ちょうひ》は、孔明《こうめい》に向かってなぐさめ顔でいった。孔明《こうめい》は、傷《きず》の手当てを受けたあと、なぜかうかない顔つきで、ときおりふーっとため息をついている。

「あんたが、けんかや争《あらそ》い事がきらいで、そういう場面に行きあうと、止めにはいらなければおさまらない気持ちは、わからんでもないが、あんたの仲裁《ちゅうさい》がいつも成功《せいこう》するとはかぎらん。いや、うまくいかないほうが多いか。ま、それはともかく、世の中にはけんかや争《あらそ》いのタネはいくらでもある。それにいちいちかかずらっていては、いくつ体があってもたりない。いいかげんに、見て見ぬふりをすることもおぼえなくてはいかんと思うがな」

「ほっといてくれ！」

孔明《こうめい》は、はきだすようにいうと、ぷいと横を向いた。

「ねえ、ちょっと」

夏花《かか》が蒼太《そうたい》のそでをつかんで、戸口にひっぱっていった。

「なんだい？」

けげんな顔をする蒼太《そうたい》に、夏花《かか》はささやいた。

「あの人、ほんとに孔明《こうめい》さん？」

「えっ、なんのことだよ」

「だって、孔明《こうめい》っていう人は、軍事《ぐんじ》の天才ですぐれた政治家《せいじか》で、魔術師《まじゅつし》で超能力《ちょうのうりょく》者《しゃ》で神様みたいな人だって、あんたいってたでしょ。だからあたし、どんな人かなあって、楽しみにしてたの。

だけど、あの人、いなかでのんびり昼寝《ひるね》したいなんていったり、争《あらそ》い事に首をつっこんでぼこぼこにされちゃったり、ぜんぜんイメージとちがうじゃないの。だから、ほんとに孔明《こうめい》さんかって聞きたくなったわけ」

夏花《かか》はまくしたてた。

「それと、気になったのは、張飛《ちょうひ》さんの孔明《こうめい》さんに対する態度《たいど》。なんだかいばってるじゃない。孔明《こうめい》さんもていねいな口きいてるし。いったい、どっちがえらいの？」

「そりゃあ、軍師《ぐんし》のほうだよ。なんてったって、作戦《さくせん》を立てて、全軍《ぜんぐん》を指揮《しき》するんだからね。張飛《ちょうひ》がいくら武勇《ぶゆう》にすぐれていたって、戦《いくさ》では孔明《こうめい》のいうことをきかなくちゃならないんだ。でも、このころは、孔明《こうめい》は劉備《りゅうび》につかえたばかりだったし、歳《とし》も若《わか》かったから、張飛《ちょうひ》や関羽《かんう》なんかからは、軽く見られていたんだ」

「それはいいとして、もうひとつ気になることがあるのよ。今日の水鬼《すいき》のさわぎ、『三国志《さんごくし》』にのってるの？」

「いいや。のってないよ」

「だとしたら、あたしたち、歴史《れきし》にない出来事を経験《けいけん》したことになるんじゃない？」

「だから、それは、おれたちがこの世界にやってきたことによる小さな変化《へんか》だよ。佐山博士《さやまはかせ》がいってたじゃないか」

「そうなんだけど、あたしが心配してるのは、小さな変化《へんか》がつみかさなっていって、どんどん本来の歴史《れきし》からはなれていっちゃわないかってこと。そして、赤壁《せきへき》の戦《たたか》いには行き着かなくなっちゃわないかってことなのよ」

「大丈夫《だいじょうぶ》だよ。赤壁《せきへき》の主役の孔明《こうめい》といっしょにいるんだから、どんなことが起こったって、赤壁《せきへき》の戦《たたか》いには行き着けるさ」

蒼太《そうたい》は、自分にいい聞かせるように、強い口調でいった。

「佐山博士《さやまはかせ》と信助《しんすけ》が、曹操《そうそう》のスパイから巻物《まきもの》を取りもどしてくれたら、なんの心配もないんだけど」

夏花《かか》がぽつりとつぶやいた。

「おーい、そろそろでかけるぞ！」

張飛《ちょうひ》が、そのとき、だみ声をはり上げた。

変《へん》顔《がん》を追いかけて（一）

佐山博士《さやまはかせ》と信夫《のぶお》は、タクシーに乗って、N《エヌ》駅に向かった変顔《へんがん》を追いかけていた。

「ねえ、おじいちゃん。変顔《へんがん》はなんでN《エヌ》駅に向かったのかな」

信夫《のぶお》は聞いてみた。

「たぶん、人がたくさんいるからだろう」

佐山博士《さやまはかせ》は答えた。

「やつと話したとき、ここにはほかに人がいないのかと聞くから、N《エヌ》駅のほうまで行けば大勢《おおぜい》の人がいるといったことがある。人がたくさんいれば、見つかりにくいから、巻《まき》物《もの》を持って隠《かく》れるにはちょうどいいと思ったんだろうな。ただし、N《エヌ》駅の近くから遠くへは行かないはずだ」

「どうして?」

「やつは、曹操《そうそう》の間者《かんじゃ》だ。自分が手に入れた情報《じょうほう》を曹操《そうそう》に報告《ほうこく》する必要《ひつよう》がある。そのためには、もう一度例《れい》の洞穴《ほらあな》を通らなければならない。おそらくやつは、赤壁《せきへき》の戦《たたか》いの部分が白紙になったことをたしかめてから、もとの世界にもどるつもりだろう。ついでに、残《のこ》りの巻《かん》もうばうつもりでいるかもしれない。だから、遠くへは行かずに、N《エヌ》駅周辺《しゅうへん》に身をひそめているはずだ」

「でも、どうやって捕《つか》まえる?」

「これが役に立つと思うよ」

佐山博士《さやまはかせ》は、にやりとわらって、上着のポケットからなにか取りだして、信夫《のぶお》に向けてかまえた。

「よ、よしてよ、おじいちゃん!」

信夫《のぶお》は、一瞬《いっしゅん》ぎょっとして、身をすくませた。博士《はかせ》がかまえていたのは、小型《こがた》のピストルだった。

「ははは。これはピストルじゃない。ビートガンだ。光線銃《こうせんじゅう》だよ」

「ビートガン……?」

信夫《のぶお》は、ビート光線のことを思いだした。あれは、江戸《えど》時代にタイムスリップしたときの未来《みらい》で、妖怪《ようかい》を退治《たいじ》するために発明された光線だった。この光線をあびると、妖怪《ようかい》は全身がしびれ、ひどいときにはショック死することもあった。あれと同じものだろうか?

「そうだよ。このビートガンの光線をあびると、体がしびれて動かなくなるんだ。わたしは、ひとり暮《ぐ》らしだから、なにかあったときのために、護身用《ごしんよう》として持ってるんだよ」

「妖怪《ようかい》にもきくんでしょ」

「買ったときの説明書《せつめいしょ》には、〝妖怪《ようかい》を撃退《げきたい》するのにも使えます〟と書いてあったから、たぶん大丈夫《だいじょうぶ》だろう」

「そうだといいんだけど――」

信夫《のぶお》は、ちょっぴり心配になってきた。

――ソロソロN《エヌ》エキニツキマス。

運転手がいった。

「おっと、いかん」

佐山博士《さやまはかせ》は、あわてて光線銃《こうせんじゅう》をポケットにしまうと、スマホに目をやった。

「おっ、やつは駅の構内《こうない》にはいったぞ！」

液晶《えきしょう》画面を動いていく緑の点を追いながら、叫《さけ》んだ。

「トイレだ、トイレにはいった。中央口のトイレだ！」

――ツキマシタ。

タクシーが止まった。信夫《のぶお》が先におり、料金《りょうきん》をはらった博士《はかせ》があとにつづいた。

ふたりは、急いで中央口のトイレに向かった。トイレの入り口で、博士《はかせ》が中から勢《いきお》いよく飛《と》びだしてきた男にぶつかって、倒《たお》れた。

「大丈夫《だいじょうぶ》？　おじいちゃん」

信夫《のぶお》は、博士《はかせ》を助けおこしながら、ぶつかってきた男をにらみつけた。

黒のショルダーバッグを肩《かた》にさげた、目つきのするどい男だった。うすいグリーンのキャップをかぶり、紺《こん》のウィンドブレーカーにベージュのズボンをはいている。男は、あやまりもしないで、少し足をひきずりながら、そのまま走りさった。

「大丈夫《だいじょうぶ》だ」

博士《はかせ》は、信夫《のぶお》の手をかりて立ち上がった。

ふたりはトイレにはいっていった。中にはだれもいなかったが、奥《おく》のほうでうめき声がした。行ってみると、いちばん奥《おく》のボックスの便器《べんき》に、下着姿《すがた》の男の人がもたれてうめいていた。足もとにくしゃくしゃにまるめた白っぽい服がぬぎすてて

あり、文庫本、折《お》りたたみ傘《がさ》、ペットボトルなどがそのまわりにちらばっている。

「どうしました。大丈夫《だいじょうぶ》ですか？」

博士《はかせ》が声をかけると、男の人は顔を上げた。鼻から血がでている。

「トイレのドアをあけたら、知らない男にいきなりここにひきずりこまれて、なぐられて服をぬがされ、バッグをとられたんです」

男の人は、手で鼻の血をぬぐいながら、いった。

「やつだ。やつのしわざだ。服を着がえて、バッグに巻物《まきもの》を入れたにちがいない」

「さっきの男だよ、おじいちゃん」

博士《はかせ》と信夫《のぶお》は、身をひるがえしてトイレを飛《と》びだした。

構内《こうない》を見まわしたが、ぶつかってきた男の姿《すがた》はもう見えなかった。

「なに、どこに逃《に》げたって、すぐさがしだせるさ」

博士《はかせ》は上着のポケットに手をいれた。だが、すぐに手をだし、ほかのポケットをさぐった。

「おかしいな」

首をひねって、さらに上着のうらやシャツ、ズボンの尻《しり》ポケットまでひっくりかえしたあげく、くちびるをかんだ。

「スマホがない。タクシーにおきわすれたようだ」

「えっ、じゃあ、大変《たいへん》じゃない！」

「急いでさっきのタクシーをさがそう。まだ駅で客待ちをしているかもしれない」

博士《はかせ》は信夫《のぶお》をうながしてかけだした。

しかし、タクシー乗り場には、乗ってきたタクシーは見当たらなかった。客を乗せて、でていってしまったのだろう。

「タクシーのナンバー、おぼえてる？」

信夫《のぶお》の問いに、博士《はかせ》は力なく首をふった。

「じゃあ、タクシー会社に電話してみたら。おじいちゃんが電話したときに、どのタクシーをむかえにいかせたかわかるんじゃない？」

「電話番号や住所は、全部スマホに登録《とうろく》してあるんだよ。でも、タクシー会社の名前は知ってるから、駅の案内所《あんないじょ》で電話番号を調べてもらえるかもしれない」

ふたりは、構内《こうない》にもどった。案内所《あんないじょ》に向かって歩いていると、あわただしい足音がして、うしろからだれか走りぬけていった。うすいグリーンのキャップ、紺《こん》色のウィンドブレーカー、黒いショルダーバッグ……。

「やつだ！」

「変顔《へんがん》だよ！」

博士《はかせ》と信夫《のぶお》があとを追おうとしたとき、五、六メートル先で、変顔《へんがん》がいきなり前のめりに倒《たお》れこんだ。その勢《いきお》いで、ショルダーバッグが肩《かた》からはずれてななめに飛《と》んだ。

「ぼくが取ってくる」

信夫《のぶお》は、すばやくかけよって、ショルダーバッグに手をのばした。だが、それより先に、大きなブーツがバッグをおさえつけた。

「なにするんだ！」

眼鏡《めがね》をずり上げながら見上げると、制服《せいふく》を着た大きな男が目の前に立っていた。こいひげにおおわれた異様《いよう》に青い顔。ふつうの人の倍はありそうなふたつの目。額《ひたい》のまん中にある大きなこぶ……。

「あ、青坊主《あおぼうず》！」

それは、江戸《えど》時代にタイムスリップしたときに出会った妖怪《ようかい》だった。今は、妖怪管理《ようかいかんり》局《きょく》の長官《ちょうかん》になっている。

「きさまか、小僧《こぞう》。こんなところでなにをしておる」

青坊主《あおぼうず》は信夫《のぶお》をにらみつけた。

「そっちこそ、なんでこんなところにいるんだい」

信夫《のぶお》は、負けずににらみかえした。

「わしは、新しくN《エヌ》町にできた妖怪刑務所《ようかいけいむしょ》を視察《しさつ》にきたのだ。さっき、駅の構内《こうない》で不良《ふりょう》妖怪《ようかい》を見つけたんで、部下に捕《つか》まえさせたところだ」

この時代、妖怪《ようかい》は、妖怪管理局《ようかいかんりきょく》に登録《とうろく》され、決められた地域《ちいき》で暮《く》らす〈優良妖怪《ゆうりようようかい》〉と、管理《かんり》されるのをきらって、あちこちうろつきまわっている〈不良妖怪《ふりょうようかい》〉とにわかれていた。不良妖怪《ふりょうようかい》は、妖怪《ようかい》ハンターによって見つかりしだい逮捕《たいほ》され、妖怪刑務所《ようかいけいむしょ》にいれられるのだ。

「わしのこの目は、妖怪《ようかい》アンテナの役目もするのだ」

青坊主《あおぼうず》の額《ひたい》のこぶが割《わ》れて、三つめの目がむきだしになった。

「どんなに変装《へんそう》していても、この目で正体を見破《みやぶ》ることができる」

「長官《ちょうかん》、捕《つか》まえました」

そのとき、迷彩服《めいさいふく》を着たふたりの男が、ぐったりと頭をたれている変顔《へんがん》をひきずるようにしてつれてきた。ふたりとも、肩《かた》から光線銃《こうせんじゅう》のようなものをさげている。妖怪管理《ようかいかんり》局《きょく》の妖怪《ようかい》ハンターだろう。青坊主《あおぼうず》の視察《しさつ》についてきたにちがいない。

「ご苦労《くろう》。さっそく新しい刑務所《けいむしょ》にぶちこんでやろう」

青坊主《あおぼうず》は、そういうと、腰《こし》をかがめてふんづけていたショルダーバッグをひろい上げ、

← 2巻《かん》へつづく……

ふたをあけて中から太い巻物《まきもの》を取りだした。

「なんだ、これは」

「ああ、それは、わたしのものです。わたしの書庫から、こやつが持《も》ち逃《に》げしたのです」

信夫《のぶお》のそばに来ていた佐山博士《さやまはかせ》が、変顔《へんがん》を指さした。

「返していただきたい」

「そういうわけにはいかない」

青坊主《あおぼうず》が首をふった。

「なぜです」

「妖怪管理局《ようかいかんりきょく》によって逮捕《たいほ》されし妖怪《ようかい》が所持しておりし物品は、すべて刑務所《けいむしょ》にてあずかるものとし、刑期《けいき》を終えて出所せし際《さい》に返却《へんきゃく》すべきものなり――妖怪刑務所規則《ようかいけいむしょきそく》第三条《じょう》でそうきめられている。こいつが、刑務所《けいむしょ》でおとなしくしていれば、一年ぐらいで出所できる。まあ、そのときまで待つんだな」

青坊主《あおぼうず》は、意地わるそうににやりとわらうと、巻物《まきもの》をしまい、バッグを肩《かた》にかけて歩きだした。ふたりの妖怪《ようかい》ハンターが変顔《へんがん》をひきずりながら、あとにつづく。

佐山博士《さやまはかせ》と信夫《のぶお》は、ぼうぜんとしてその場に立ちつくした。

豪傑《ごうけつ》張飛《ちょうひ》は妖怪《ようかい》が苦手

一

孔明《こうめい》・張飛《ちょうひ》・夏花《かか》・蒼太《そうたい》の一行四人は、村人たちに見送られて、東河村《とうかそん》をあとにした。村であびるほど酒を飲んだにもかかわらず、張飛《ちょうひ》はまだ飲みたりなさそうな顔つきだった。

「今夜の宿で、もう少し飲みたさなければ、とてものことにねむれんわい」

と、蛇矛《じゃぼう》を肩《かた》にかつぎながら、ぶつぶついっている。

一方、さっきまでうかない顔をしていた孔明《こうめい》は、ぴーぴーぷーぷーと馬上でしきりに草笛《くさぶえ》を吹《ふ》いていた。

ひとしきり吹《ふ》くと、葉っぱを投げすてて、

「ああ、すっきりした」

と、子どものように明るい顔になった。

そんな孔明《こうめい》のようすを見て、蒼太《そうたい》は、夏花《かか》と同じように、自分が抱《いだ》いていた孔《こう》明《めい》のイメージがくずれていくのを感じた。沈着冷静《ちんちゃくれいせい》で、底知《そこし》れない知略《ちりゃく》を秘《ひ》め、関羽《かんう》や張飛《ちょうひ》といった年上の猛将《もうしょう》をもしたがわせる力と威厳《いげん》をそなえている——『三国志《さんごくし》』にえがかれている孔明《こうめい》は、そんな人物だったはずだ。

ところが、目の前にいる孔明《こうめい》は、なんだか子どもっぽくて、たよりない。夏花《かか》じゃないけど、「あの人ほんとに孔明《こうめい》さん？」といいたくなる。こんな孔明《こうめい》が、はたして周瑜《しゅうゆ》をはじめとする呉《ご》の重臣《じゅうしん》たちを説得《せっとく》して曹操《そうそう》に立ちむかわせることができるんだろうか？　蒼太《そうたい》は、にわかに心配になってきた。

「張飛《ちょうひ》さんがいってたけど、孔明《こうめい》さんって、けんかや争《あらそ》いごとがきらいなんだって？」

孔明《こうめい》の前に乗っている夏花《かか》が、うしろをふりむいて、聞いた。

「そうだね」

孔明《こうめい》はうなずいた。

「子どものころからだよ。目の前でけんかや争《あらそ》いごとが起きると、胸《むね》がどきどきしてきて、いたたまれなくなるんだ。それで、いつもその場から逃《に》げだしていた。少し大きくなってからは、止めにはいって仲直《なかなお》りさせるようになったんだが、たいていはただのおせっかいに終わって、うまくいかないのだ」

「だけど、孔明《こうめい》さんはこれから柴桑《さいそう》に行って、呉《ご》の国を曹操《そうそう》と戦《たたか》わせるようにするんでしょ。争《あらそ》いがきらいなくせに、わざわざ争《あらそ》いを起こしに行くなんて、おかしいんじゃない？」

「あははは。そういわれれば、そうだね」

孔明《こうめい》は、あっけらかんとわらったが、それ以上《いじょう》なにもいわなかった。

しばらく行くと、道が二手に分かれていた。右はけわしい山道で、左は平坦《へいたん》な道だ。

「やっ、だれか道ばたに倒《たお》れてるぞ」

張飛《ちょうひ》が馬を止めた。

見ると、山道の上り口にひとりの老人《ろうじん》が倒《たお》れていた。しきりにうんうんうめいている。

「どうなされた、ご老人《ろうじん》」

孔明《こうめい》が馬からおりて、歩みよった。

「ああ、助けてくだされ、助けてくだされ」

老人《ろうじん》は、すがるように両手を上げた。横に投げだされた足から、血が流れている。

「けがをされているようですね」

孔明《こうめい》は、老人《ろうじん》の手を取って助け起こした。

「はい。じつは、この山向こうの親類《しんるい》の家に行ったんですが、帰りの山道で石につまずいてころんでしまいましてな、骨《ほね》が折《お》れたみたいで、なんとかここまで下りてきたのですが、もう動けなくなってしまい、だれか通りかかるのを待っていたところですじゃ」

「そうですか。家はどこです」

「一里ばかり先にある村ですわい」

「じゃあ、そこまで送ってあげましょう。わたしの馬に乗るといい」

「それより、ぼくのロバに乗ってください」

蒼太《そうた》がいって、乗っていたロバから下りた。

「ちょっと歩きたくなったところだから、ちょうどいい」

ほんとうは、乗りなれないロバに乗りつづけて、尻《しり》が痛《いた》くなってきたのだ。

「どれ、おれが乗せてやろう」

張飛《ちょうひ》が老人《ろうじん》を軽々とかかえ上げて、ロバに乗せた。孔明《こうめい》がふたたび馬に乗り、蒼太《そうたい》がロバをひいて、一行は老人《ろうじん》の村に向かった。

老人《ろうじん》は、張飛《ちょうひ》の蛇矛《じゃぼう》が気になるらしく、ちらちらと何度も横目で見ていたが、とうとうがまんができなくなったらしく、遠慮《えんりょ》がちに口をひらいた。

「豪傑《ごうけつ》、なんとも恐《おそ》ろしげな得物《えもの》をお持ちですな」

「これか」

張飛《ちょうひ》は、ひげづらをほころばせて、蛇矛《じゃぼう》をひとゆすりした。

「これは、おれと関羽《かんう》と劉備《りゅうび》の兄上が兵を集めて旗揚《はたあ》げしたときに作ったものだ。関羽《かんう》が青竜刀《せいりゅうとう》、兄上が剣《けん》、おれがこの丈八《じょうはち》の蛇矛《じゃぼう》。それ以来《いらい》、おれとともに戦場《せんじょう》をかけめぐってきた、かけがえのない相棒《あいぼう》だ。この蛇矛《じゃぼう》とおれのひとにらみで、曹操《そうそう》の五千の軍勢《ぐんぜい》を敗走《はいそう》させたこともある」

「あっ、それ、知ってます」

蒼太《そうた》が口をはさんだ。

「長坂橋《ちょうはんきょう》でのことでしょ」

張飛《ちょうひ》は、なんで知っているんだというように、ぎろりと蒼太《そうた》をにらんだが、すぐに、蒼太《そうた》が未来《みらい》から来たことを思いだして、そうだとうなずいた。

「あのとき、おれたちは曹操《そうそう》の軍勢《ぐんぜい》に追いまくられて、当陽県《とうようけん》の長坂坡《ちょうはんは》というところまで逃《に》げのびた。だが、曹操軍《そうそうぐん》の追撃《ついげき》を支《ささ》えきれずに、さらに二十里先までおちのびた……」

二千の劉備《りゅうび》の軍勢《ぐんぜい》は、曹操軍《そうそうぐん》にあらかた討《う》たれて、このときわずかに二百騎《き》あまりにすぎなかった。さすがの劉備《りゅうび》も、ここで最後《さいご》をむかえるのかと、覚悟《かくご》をきめた。

張飛《ちょうひ》は、あきらめるのはまだ早い、なんとか曹操《そうそう》の軍勢《ぐんぜい》をくいとめてみせようと、馬に飛《と》びのり、二十人あまりの兵《へい》をひきつれて長坂坡《ちょうはんは》までかけもどった。

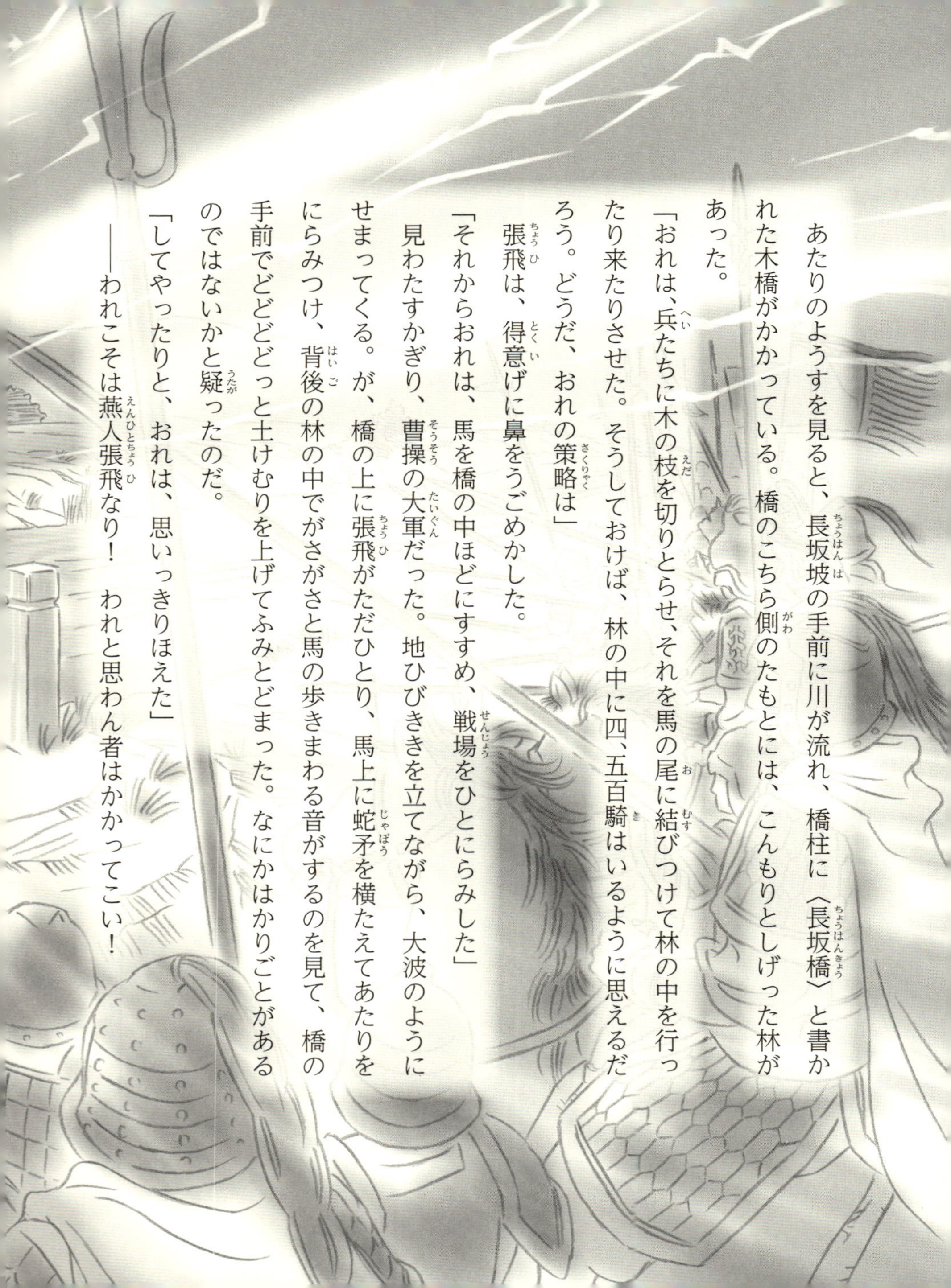

あたりのようすを見ると、長坂坡《ちょうはんは》の手前に川が流れ、橋柱に〈長坂橋《ちょうはんきょう》〉と書かれた木橋がかかっている。橋のこちら側《がわ》のたもとには、こんもりとしげった林があった。

「おれは、兵《へい》たちに木の枝《えだ》を切りとらせ、それを馬の尾《お》に結《むす》びつけて林の中を行ったり来たりさせた。そうしておけば、林の中に四、五百騎《き》はいるように思えるだろう。どうだ、おれの策略《さくりゃく》は」

張飛《ちょうひ》は、得意《とくい》げに鼻をうごめかした。

「それからおれは、馬を橋の中ほどにすすめ、戦場《せんじょう》をひとにらみした」

見わたすかぎり、曹操《そうそう》の大軍《たいぐん》だった。地ひびきを立てながら、大波のようにせまってくる。が、橋の上に張飛《ちょうひ》がただひとり、馬上に蛇矛《じゃぼう》を横たえてあたりをにらみつけ、背後《はいご》の林の中でがさがさと馬の歩きまわる音がするのを見て、橋の手前でどどどっと土けむりを上げてふみとどまった。なにかはかりごとがあるのではないかと疑《うたが》ったのだ。

「してやったりと、おれは、思いっきりほえた」

――われこそは燕人張飛《えんひとちょうひ》なり！　われと思わん者はかかってこい！

その声は雷《かみなり》のようにとどろきわたり、曹操《そうそう》の軍勢《ぐんぜい》はおどろきのあまりどどっと後退《こうたい》した。張飛《ちょうひ》といえば、百万の軍勢《ぐんぜい》の中にかけいって、まるでふくろの中のものを取りだすように大将《たいしょう》の首を取ってくるという評判《ひょうばん》が知れわたっていた。

——どうした。かかってこないのか！

張飛《ちょうひ》は、ぶるんと蛇矛《じゃほう》をひとふりした。先頭にいたひとりの大将《たいしょう》が、すくみ上がって馬からころげおちた。

——ひけ、ひけえ！

きもをつぶした曹操《そうそう》の軍勢《ぐんぜい》は、どっとくずれ立ち、大将《たいしょう》も兵士《へいし》も恐怖《きょうふ》にかられて先をあらそって逃《に》げていった。

「そのすきに、おれは橋をおとして味方《みかた》に合流し、曹操《そうそう》の追撃《ついげき》を逃《のが》れて夏口《かこう》にたどりついたというわけさ」

張飛《ちょうひ》は、蛇矛《じゃぼう》をひとゆすりして、話を終えた。

「なるほど。その矛《ほこ》をひとふりされたら、どんなに肝《きも》っ玉《たま》の太い者でも、身がちぢむでしょうな」

老人《ろうじん》は、実際《じっさい》に蛇矛《じゃぼう》をふるわれたように、ぶるぶるっと体をふるわせた。

「ところで、そちらのお若《わか》い方」

老人《ろうじん》は、こんどは馬上の孔明《こうめい》に声をかけた。

「あなたが背中《せなか》に背負《せお》っている剣《けん》は、だいぶ古いもののようじゃが、さぞかし名剣《めいけん》なんでしょうな」

「さて、どうでしょうか」

孔明《こうめい》はそっけなく答えた。

「たしかにわが家に昔から伝《つた》わっている剣《けん》で、〈蒼竜《そうりゅう》〉と呼《よ》ばれてはいますが」

「ほう。蒼竜《そうりゅう》とは、どういう意味ですかな」

「よくわかりません。ただ、いいつたえでは、この剣《けん》は持ち主が危険《きけん》な目にあったときは、ひとりでに鞘《さや》から抜《ぬ》けでて、持ち主の命を救《すく》うということです」

「それはすばらしい。やはり名剣《めいけん》じゃな。で、そういうことが実際《じっさい》にあったんですかな」

「残念《ざんねん》ながら、一度もありません。少なくとも、わたしは聞いたことがないですね」

孔明《こうめい》は、肩《かた》をすくめた。

「わたしの家は武人《ぶじん》の家柄《いえがら》ではないので、剣《けん》をぬく機会《きかい》なんかなかったんですよ。だから、この剣《けん》は、たぶんさびついていると思いますよ。それでもこうやって背《せ》負《お》っていれば、見せかけだけでも護身用《ごしんよう》にはなります」

「そうですか。さびついているのでは、豪傑《ごうけつ》の矛《ほこ》とはちがって、使いものにならんでしょうな」

老人《ろうじん》は、なぜかほっとしたように、口もとをゆるめた。

二

そんな話をしているうちに、一行は老人《ろうじん》の村に着いた。

「おかげさまで、助かりました。あなたがたに助けていただけなかったら、あのままあそこで死んでいたかもしれません。ほんとうにありがとうございました」

老人《ろうじん》は、ぺこぺこと、やたらに頭をさげた。

「ところで、そろそろ日が暮《く》れかけてきましたが、お泊《と》まりのところはきまっておいでですかな」

「いや、どこときめてはいません」

孔明《こうめい》がいった。

「宿屋があれば泊《と》まるし、なければ、野宿でもなんでもするつもりです」

「村に宿屋はありますが、それより、わしの家に泊《と》まってくださらんか。これといったおもてなしはできませんが、ご恩《おん》がえしをさせてほしいんです」

「それはありがたいが、張飛《ちょうひ》どのはどうですか？」

「おれは、酒さえ飲めればどこに泊《と》まろうとかまわん」

「おお、豪傑《ごうけつ》の飲まれるお酒くらい、たんとご用意できますじゃ」

「なら、きまりだ」

張飛《ちょうひ》は、ぐびりとのどを鳴らして、うなずいた。

「ありがとうございます。では、まいりましょうか」

老人《ろうじん》は、ロバを急がせた。

村の通りにたちならんでいる家々の戸口には、年よりたちがべたりと腰《こし》をおろして、べちゃくちゃしゃべったり、ぷかりぷかりとキセルでたばこを吸《す》っていたり、五、六人がかたまって、なにか賭《か》け事《ごと》のようなものをやっていたりした。

一行が通りかかると、みんな、しゃべったり、たばこを吸《す》ったり、賭《か》け事《ごと》をしたりするのをやめて、通りすぎるのをぽかんと見送った。老人《ろうじん》にあいさつする者はひとりもいなかった。

老人《ろうじん》の家は村はずれにあった。土塀《どべい》にかこまれた、かなり大きな屋敷《やしき》だった。

張飛《ちょうひ》の手をかりてロバからおりた老人《ろうじん》は、孔明《こうめい》の肩《かた》につかまり、ぴょんぴょん

片足《かたあし》で飛《と》びはねるようにしながら玄関《げんかん》まで行くと、扉《とびら》をあけ、

「さあ、どうぞ、おはいりください」

と、家の中にまねきいれた。大きな家で、部屋がいくつもあるようだった。

こちらへどうぞと案内《あんない》されたのは、大きな丸い食卓《しょくたく》のある広間だった。食卓《しょくたく》には、すでに四人分の皿や碗《わん》や杯《さかずき》がならべられ、箸《はし》もそろえられていた。大ぶりの急須《きゅうす》もおいてある。はじめから四人がここへ来るのが分かっているかのようだった。

「すぐに料理《りょうり》を用意しますすで、ちょっと待っていてもらえますかな」

老人《ろうじん》は、急須《きゅうす》から碗《わん》に白湯《さゆ》をつぎながら、いった。

「おーい、酒はまだか」

そのとき、どたどたと大きな足音がして、馬とロバをうらのかこいに入れてきた張飛《ちょうひ》がはいってきた。

「はいはい、ただいま持ってきますじゃ」

老人《ろうじん》は、足をひきずりながら、広間をでていき、しばらくすると、瓶《かめ》をかかえてもどってきた。

「さあさあ、豪傑《ごうけつ》、思うぞんぶん飲んでくだされや」

「こいつはありがたい。では遠慮《えんりょ》なくいただくとするか」

張飛《ちょうひ》は、うれしそうにわらうと、瓶《かめ》から杯《さかずき》になみなみと酒をついで、ぐびぐびと飲みはじめた。

「おお、おみごと！」

老人《ろうじん》は、張飛《ちょうひ》の飲みっぷりに手をたたき、満足《まんぞく》そうにうなずいた。

老人《ろうじん》は、それから、足をひきずりながら何度も広間を出入りしては料理《りょうり》を運んできた。見かねて、夏花《かか》が声をかけた。

「あたしたちで運びますから、おじいさんは休んでてください。ねえ、蒼太《そうたい》」

「うん。そうだね」

蒼太《そうたい》もうなずいて、立ち上がった。

「なんの。あんたがたの手をわずらわせたら、恩返《おんがえ》しにはならんでな」

老人《ろうじん》は首をふった。

「わしは、一人暮《ぐ》らしで、料理《りょうり》は宿屋からげんかんまで持ってきてもらっておる。ここまで運ぶくらい、大丈夫《だいじょうぶ》じゃ。よけいな気づかいは無用《むよう》」

「ああいわれてるんだから、そなたたちも遠慮《えんりょ》しなくていい」

孔明《こうめい》もいうので、ふたりはふたたび席《せき》に着いた。

それからしばらくして、蒼太《そうたい》はトイレに行きたくなった。

老人《ろうじん》にトイレの場所を教えてもらって広間をでた。ところが、部屋がたくさんあり、あちこちにまがり角があって、右にまがったり左にまがったりしているうちに、どこがトイレのある場所かわからなくなってしまった。

どの部屋も人気《ひとけ》がなく、しーんとしているので、聞くこともできない。蒼太《そうたい》はだんだんあせってきたが、さいわい、通りかかった部屋からひそひそとした話し声が聞こえてきたので、トイレの場所を聞こうと、扉《とびら》をあけた。

けれど、うす暗くてかびくさい部屋は、がらんとして、だれもいなかった。床《ゆか》にはほこりがたまっていて、足をふみいれるとぶわっと舞《ま》い上《あ》がった。かべぎわに数本の丸太がたてかけてあった。まるでひそひそ話をかわしていたかのように、頭をよせあっている。

「おかしいな。たしかに話し声が聞こえたんだけど」

蒼太《そうたい》は、首をひねりながら、扉《とびら》をしめた。そのとたん、またひそひそ声が耳を

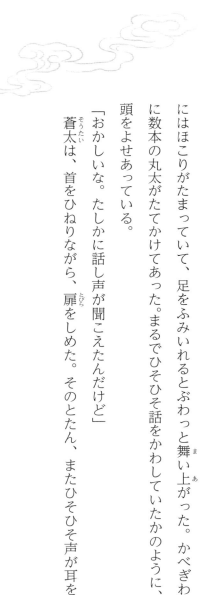

打った。とっさに扉《とびら》をあけると、一本の丸太がびっくりしたようにぴょんと飛《と》び上《あ》がり、ばたんと床《ゆか》に倒《たお》れた。そして、また、部屋じゅうしーんとなった。なんだか気味がわるくなった蒼太《そうた》は、そっと扉《とびら》をしめると、その部屋からはなれた。

そのあとすぐにトイレが見つかったので、やっと用をすませ、こんどはまよわずに広間にもどることができた。

「どうしたの。おそかったじゃない」

夏花《かか》がいぶかしげな顔をした。

「まがり角が多くてさ、まよっちゃったんだよ。この家、なんだか変《へん》だよ」

「なにが変《へん》なの？」

蒼太《そうたい》は、さっきの部屋のことを話した。

「まるで、丸太がしゃべってたみたいなんだ」

「ばかね。それは空耳《そらみみ》っていうの。物音や声がしないのに、聞こえたように思うことよ」

夏花《かか》はわらったが、すぐにまじめな顔にもどってささやいた。

「それより、あのおじいさんのほうが変《へん》よ」

「どこがさ」

「さっき気がついたんだけど、もう足をひきずってないのよ」

そういわれて、蒼太《そうたい》は老人《ろうじん》を見やった。ちょうど料理《りょうり》の皿を運んでくるところだった。夏花《かか》のいったとおり、足をひきずることもなく、スタスタとふつうに歩いている。

「痛《いた》くなくなったんじゃない」

「でも、骨《ほね》が折《お》れたみたいだっていってたのに、そうすぐなおるかしら」

「そういえばそうだね。やっぱり変《へん》だ」

「でしょう」

「なにが変《へん》なのかな」

ふいに声がした。どきっとしてふりかえると、老人《ろうじん》が料理《りょうり》の皿を持ってふたりのうしろに立っていた。

「べ、べつに」

「な、なんでもないんです」

蒼太《そうたい》と夏花《かか》は、あわてて口ごもった。

「まあ、よい。たんと食べなされや。わしの足のことなど気にせずとな」

老人《ろうじん》は、にやりとわらうと、料理《りょうり》の皿を食卓《しょくたく》におき、これみよがしに足をひきずりながらその場をはなれていった。ふたりは、首をすくめながら顔を見あわせた。

「ご老人《ろうじん》、たいへんおいしくいただきました」

孔明《こうめい》がそういって、箸《はし》をおいたのは、それから一時《とき》（二時間）ほどたってからだった。

「ごちそうさまでした」

「なんの。わしはただ料理《りょうり》を運んだだけですじゃ。豪傑《ごうけつ》は、もう酒はよろしいのかな」

「うーむ。まあ、これくらいにしておこう」

張飛《ちょうひ》は、まだ飲みたそうだったが、しぶしぶ杯《さかずき》をおいた。

「では、寝所《しんじょ》へご案内《あんない》しましょう。ほかの部屋は人手がないものでそうじも行きとどかず、ほこりだらけですので、別閣《べっかく》のほうに泊《と》まっていただきます」

老人《ろうじん》は、先に立って広間をでた。四人はそのあとにつづいた。

廊下《ろうか》を何度かまがって、外にでた。一同は、思わず足を止めた。目の前に、明るい月の光に照《て》らされて、みごとな庭園が広がっていた。池を中心に大小さまざまな樹木《じゅもく》や石が配置《はいち》されていた。池には石の反り橋がかかり、その向こうに屋根の端《はし》がピンとはね上がっている楼閣《ろうかく》があった。楼閣《ろうかく》の背後《はいご》には大きなクスノキが枝葉《えだは》をしげらせている。

「ああ、これはすばらしい！」

ほんのちょっと酒を飲んだだけで顔を赤くしている孔明《こうめい》が、賛嘆《さんたん》の声を上げれば、

「うむ。なかなかのもんだ」

浴《あ》びるほど酒を飲んでも赤黒い顔は少しも変《か》わらない張飛《ちょうひ》もうなずく。

「みなさんには、あの楼閣《ろうかく》にお泊《と》まりいただきます。さあ、どうぞこちらへ」

老人《ろうじん》の案内《あんない》にしたがって、一同は石橋を渡《わた》り、楼閣《ろうかく》に向かった。

三

楼閣《ろうかく》は二階建《だ》てで、扉《とびら》をあけるとすぐ右手に二階に上がる階段《かいだん》があった。正面には大きな窓《まど》があり、まん中に丸いテーブル、左右のかべには寝台《しんだい》がそれぞれふたつずつ、頭のほうをかべにつけてならべられていた。

「それでは、ゆっくりおやすみなされ」

老人《ろうじん》は、灯《あか》りをテーブルの上におくと、でていった。

蒼太《そうた》と夏花《かか》が左側《ひだりがわ》の寝台《しんだい》に寝《ね》て、張飛《ちょうひ》と孔明《こうめい》が反対側《はんたいがわ》の寝台《しんだい》に横になった。張《ちょう》飛《ひ》は蛇矛《じゃぼう》をまくらもとに立てかけると、たちまち大いびきをかきはじめた。

「おやすみ」

孔明《こうめい》も、すぐに軽い寝息《ねいき》を立てて寝入《ねい》った。

蒼太《そうた》と夏花《かか》は、なかなか寝《ね》つかれなかった。体は疲《つか》れているのだが、今日起こったことと、これから先のことを考えると、気持ちがおちつかず、ねむれないのだ。

とにかく、今日一日はめまぐるしかった。朝家をでて、N《エヌ》町に行き、昼に信助《しんすけ》のおじいさんの佐山博士《さやまはかせ》のところに着いたと思ったら、予言書盗難《よげんしょとうなん》の事件《じけん》に出会い、洞穴《ほらあな》を通って三国志《さんごくし》の時代にやってきて、孔明《こうめい》と張飛《ちょうひ》に会い、水鬼《すいき》のさわぎに巻《ま》きこまれたあげく、けがをした見知らぬ老人《ろうじん》の屋敷《やしき》に泊《と》まることになったのだ。

これからどうなるのか、予想もつかない展開《てんかい》になってきたが、ふたりにはどうすることもできない。

「あれこれ考えたって、しようがないよ。なるようになれって感じ。もう、寝《ね》る。おやすみ」

夏花《かか》はそういって、蒼太《そうたい》に背《せ》を向けた。

「おやすみ」

蒼太《そうたい》もねむろうとしたが、そうするとかえって目がさえてしまって、ねむれない。それでも何度か寝《ね》がえりを打っているうちに、とろとろとしてきた。

物音を耳にしたのは、それからしばらくしてからだった。ゴトリ、ゴトリ、ゴトリと、数人が歩きまわっている足音のようだ。二階から聞こえてくる。

――おかしいな。二階にはだれもいないはずだけど……。ぼくたちが来る前に、二階に隠《かく》れていたんだろうか？

ぼんやりした頭で考えていると、足音はゆっくりと階段《かいだん》をおりてきた。テーブルにのっている灯《あか》りが、ひょろ長い四つの影《かげ》をうつしだした。やせて背《せ》の高い男たちだ。

男たちは、ゴトリ、ゴトリと足音を立てて、張飛《ちょうひ》の寝台《しんだい》に歩みよっていく。

――だれだろう。なにをするつもりなんだろう。

半分ねむりながら、蒼太《そうた》は男たちのようすを見ていた。夢《ゆめ》でも見ているような感じで、体も動かなければ、声もでない。

張飛《ちょうひ》の寝台《しんだい》に歩みよった男たちは、まくらもとに立てかけてあった蛇矛《じゃぼう》に手をかけると、四人がかりでかつぎ上げた。

そのとき、バタンと大きな音がして、いきなり窓《まど》が破《やぶ》られ、一陣《いちじん》の風がさあっと吹《ふ》きこんできた。灯《あか》りが消え、青白い月の光が部屋を照《て》らした。と、破《やぶ》れた窓《まど》から節《ふし》くれだった太い腕《うで》がにゅっとつきでてきた。腕《うで》はなにかをつかむかのように、大きなてのひらをひらいたりとじたりした。

すると、四人の男たちが、蛇矛《じゃぼう》をかついで歩みよってきて、腕《うで》に渡《わた》した。腕《うで》は、待ちかまえていたかのように蛇矛《じゃぼう》をしっかりとつかむと、すばやくひっこんだ。

蒼太《そうたい》は、そこではっきりと目をさました。月明かりの中に、四人の男たちが立っているのを見た。夢《ゆめ》ではなかった。ぱっと起き上がると、大声で叫《さけ》んだ。

「孔明《こうめい》さん、張飛《ちょうひ》さん、大変《たいへん》だよ、起きて、起きて！」

「なんだ、どうした！」

孔明《こうめい》が飛《と》び起《お》きた。

「なによ、なんなの？」

夏花《かか》も目をさました。

張飛《ちょうひ》はあいかわらずいびきをかきつづけている。

「きさまたち、何者だ！」

孔明《こうめい》がすぐに四人の男に気づいて、叫《さけ》んだ。

「そいつらが、二階からおりてきて、張飛《ちょうひ》さんの蛇矛《じゃぼう》を窓《まど》からはいってきた太い腕《うで》に渡《わた》したんだ」

「なんだと⁉」

孔明《こうめい》は、まくらもとの剣《けん》をつかんで立ち上がった。

四人の男たちは、おびえたように部屋のまんなかにかたまった。

——くそっ、まずいな。

——大丈夫《だいじょうぶ》だよ。やつの剣《けん》はさびてるはずだ。

——そうだったな。なら、こわがることはない。

——さっさとずらかろうぜ。

ぼそぼそとささやきかわすと、男たちは、身をひるがえして窓《まど》のほうにかけよった。

「待て！」

孔明《こうめい》はさっと剣《けん》をひき抜《ぬ》き、おどり上がるようにして、男たちにせまった。つぎの瞬間《しゅんかん》、きらっ、きらっと二、三度月光に剣《けん》がきらめいたかと思うと、男たちは声もなくばたばたと倒《たお》れた。ほんのまばたきするあいだのことだった。

「なんだ、これ」

蒼太《そうたい》は、倒《たお》れた男たちを見て、おどろいた。月明かりに照《て》らされてころがっていたのは、すっぱりとふたつに切られた四本の丸太だった。トイレに行ったときに空き部屋で見かけたものにちがいなかった。

「丸太の妖怪《ようかい》かなんかじゃない？」

夏花《かか》がいって、孔明《こうめい》をふりかえった。

「孔明《こうめい》さん、すごーい！　見直しちゃった」

「い、いや、わたしはなにもしていない。抜《ぬ》いたと思ったら、こいつが勝手に……」

孔明《こうめい》は、とまどった顔つきで、剣《けん》を見つめていた。

「それにしても、その剣《けん》がさびてなくてよかったですね」

蒼太《そうたい》は、そういってから、丸太の男たちが、孔明《こうめい》の剣《けん》は、さびてるから大丈夫《だいじょうぶ》だといっていたのを思いだした。こいつらは、だれからそれを聞いたんだろう？

あのじいさんだ！

はっと思いあたった。あの老人《ろうじん》は、村へもどる途中《とちゅう》、しきりに張飛《ちょうひ》の蛇矛《じゃぼう》と孔《こう》明《めい》の剣《けん》を気にしていた。そして、孔明《こうめい》の剣《けん》がさびているのかもしれないと聞いて、ほっとしていた。とすると、あの老人《ろうじん》は、この丸太の妖怪《ようかい》の仲間《なかま》だろうか。そして、張飛《ちょうひ》の蛇矛《じゃぼう》をうばったあの節《ふし》くれだった太い腕《うで》も――？

「おい、なんだ、どうした」

そのときようやく張飛《ちょうひ》が目をさました。

「おっ、こんなところになんで丸太《まるた》ん棒《ぼう》がころがってるんだ。ややっ、おれの蛇《じゃ》矛《ぼう》がないぞ。どこへ行った！」

張飛《ちょうひ》は、目をむいてわめきたてた。

「その丸太は、妖怪《ようかい》です」

蒼太《そうたい》がいった。

「それから、張飛《ちょうひ》さんの蛇矛《じゃぼう》は、さっき、窓《まど》からつきでてきた節《ふし》くれだった太い腕《うで》が持っていってしまいました。あれも妖怪《ようかい》じゃないかな」

「妖怪《ようかい》だと⁉」

張飛《ちょうひ》は声をふるわせた。

「ええ」

「まさか、おれをかつぐんじゃないだろうな」

「そんなことありません」

「くそっ。なんだってこんなところに妖怪《ようかい》がでてくるんだ。ああ、ついてねえ」

張飛《ちょうひ》は、寝台《しんだい》に腰《こし》を下ろすと、ふーっと大きな息《いき》をついた。

「どうしたんです、張飛《ちょうひ》どの」

孔明《こうめい》が、剣《けん》を鞘《さや》におさめながら、いぶかしげにたずねた。

「まさか、妖怪《ようかい》がこわいんじゃないでしょうね」

「こわいというか、おそろしいというか、子どものころに、『丼封《へいほう》』という妖怪《ようかい》に顔をなめられてから、妖怪《ようかい》は大の苦手なんだわ」

「丼封《へいほう》って、どんな妖怪《ようかい》なの？」

夏花《かか》が聞いた。

「ブタの妖怪《ようかい》だ。前と後ろに頭がついている。明るいところなら、一目見て丼封《へいほう》だとわかるが、夜道なんかででくわすと、よく見えないから、ふつうのブタだと思ってしまう。こいつがまた人なつこいから、すりよってくる。だが、うっかりさわると、妖気《ようき》にあてられてぶっ倒《たお》れてしまう。おとなでも、まず三日は寝《ね》こんでしまうな。

あるとき、子どものおれは、夜道を歩いていて丼封《へいほう》に出合った。やつめ、おれを見るとよろこんで飛《と》びついてきて、顔をぺろぺろなめやがった。おれはその場にぶっ倒《たお》れて、十日のあいだ高い熱《ねつ》をだして寝《ね》こみ、あやうく死にかけた。それ以来《いらい》、妖怪《ようかい》と聞いただけでぞ━っと寒気がしてふるえが止まらなくなるのさ」

三人があきれていると、とつぜん、どしん、どしんと大きな足音がして、楼閣《ろうかく》がゆれた。どしん、どしんと地面をゆらしながら、足音はしだいに近づいてくる。

「また妖怪《ようかい》かもしれない！」

夏花《かか》が叫《さけ》んだ。

「わあ、たまらん！」

張飛《ちょうひ》は、頭をかかえて、ぶるぶるふるえだした。

「しっかりしてよ。長坂橋《ちょうはんきょう》の豪傑《ごうけつ》はどこへ行ったの！」

「なんとでもいえ。曹操《そうそう》の大軍《たいぐん》ならひとりで追いはらうのはなんでもないが、妖《よう》怪《かい》だけはかんべんしてくれ。たのむから、おまえたちでなんとかしてくれえ！」

張飛《ちょうひ》はわめくなり、ふとんをひっかぶってしまった。

足音は楼閣《ろうかく》の前で止まった。どんと扉《とびら》がけやぶられ、背筋《せすじ》がぞくりとするような妖気《ようき》が吹《ふ》きこんできた。蒼太《そうたい》と夏花《かか》は、ぶるっとふるえて、体をよせあった。

「わたしがなんとかする」

孔明《こうめい》が、青白い顔に決意の色をうかべて、大またで外にでていった。蒼太《そうたい》と夏《か》花《か》は、おそるおそるあとにつづいた。

四

楼閣《ろうかく》の前に、月明かりをあびて、大きな人影《ひとかげ》がうっそりと立っていた。頭が屋根にとどきそうな大男だ。よじれ、ねじれた長い髪《かみ》が肩《かた》までたれさがっていて、木彫《きぼ》りの面のような顔をしている。着ているものは、蓑虫《みのむし》のように木の葉をつづれあわせたもので、太い両腕《りょううで》と両足には、木のこぶのようなものがいくつもくっついており、右手には張飛《ちょうひ》の蛇矛《じゃぼう》をにぎっていた。

孔明《こうめい》を見るや、大男は蛇矛《じゃぼう》をかまえた。すると、孔明《こうめい》が手もふれないうちに剣《けん》が鞘《さや》からすべりでて、宙《ちゅう》にうかんだ。そして、まっすぐにのびた剣《けん》のつばもとから先までが、青い光につつまれた。

「おお!」

孔明《こうめい》の口からおどろきの声がもれた。蒼太《そうたい》も夏花《かか》も目をみはった。

「まさしく、蒼竜《そうりゅう》の剣《けん》!」

青く光りかがやくそのようすは、たしかに蒼《あお》い竜《りゅう》のように見えた。孔明《こうめい》が手をのばすと、剣《けん》はすっとその手の中におさまった。

大男は、剣《けん》が青く光りだしたのを見て、ちょっとおどろいたようだったが、すぐに蛇矛《じゃぼう》をふりかざして襲《おそ》いかかってきた。

孔明《こうめい》の手の中の剣《けん》が、さっと左にふれた。孔明《こうめい》は、剣《けん》にひっぱられるように左に跳《と》んだ。蛇矛《じゃぼう》が空を切った。

「ふう」

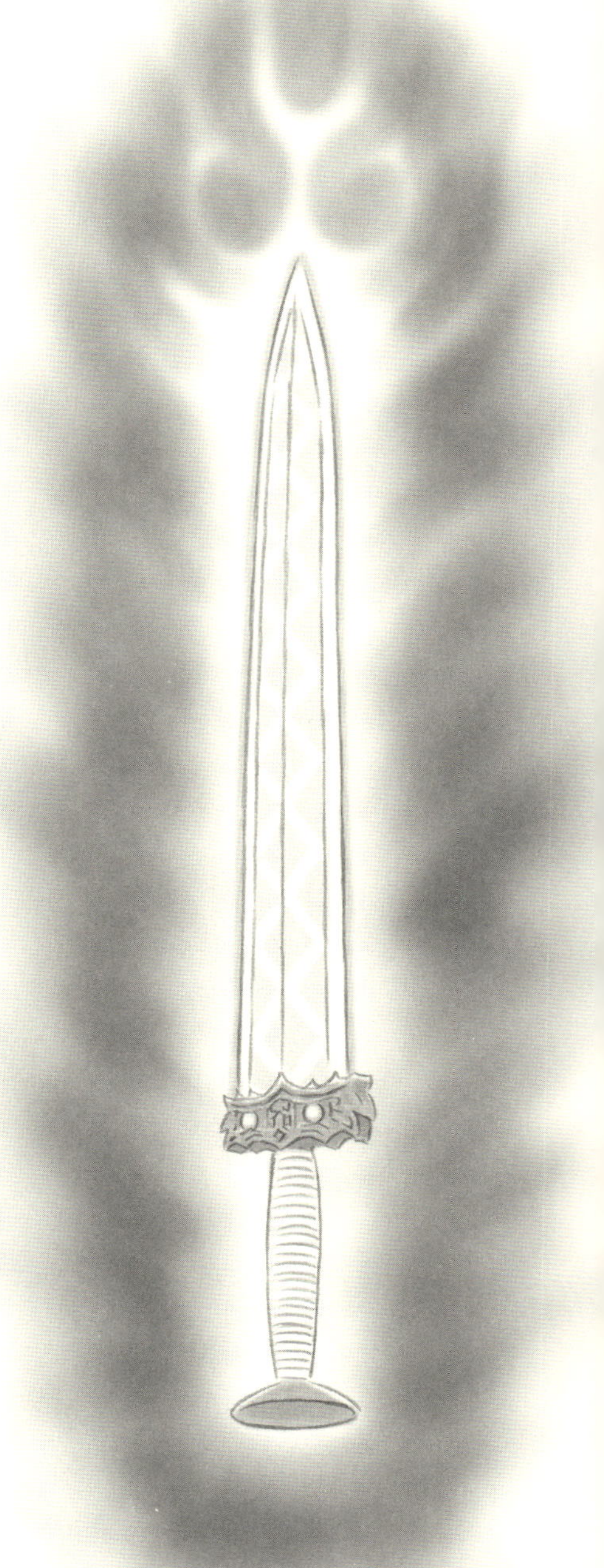

孔明《こうめい》は、大きく息をついて、剣《けん》を持ちなおした。

ぐぉわあ！

大男は、異様《いよう》な叫《さけ》び声を上げると、ふたたび蛇矛《じゃぼう》をふるった。孔明《こうめい》の剣《けん》は、こんどはがっきと蛇矛《じゃぼう》を受け止め、勢《いきお》いよくはねかえした。

かたずをのんで、大男と孔明《こうめい》の戦《たたか》いを見まもっていた夏花《かか》と蒼太《そうたい》は、思わず手をたたいた。

「やるじゃん、孔明《こうめい》さん」

「うん。でも、剣《けん》のはたらきみたいだよ」

じっさい、孔明《こうめい》が剣《けん》をあやつっているのではなく、剣《けん》が孔明《こうめい》をあやつっているように見えた。剣《けん》をふるっているのは孔明《こうめい》だが、その動きは、剣《けん》が決めているようで、孔明《こうめい》の体はあとからついていくような感じだった。

はじめのうちは、剣《けん》の動きについていけなくて、孔明《こうめい》はふらふらしていた。大男の蛇矛《じゃぼう》が孔明《こうめい》の胸《むね》や腕《うで》や足をかすめたことも二度や三度ではなかった。そのたびに、剣《けん》がすばやく動いて蛇矛《じゃぼう》をはねかえし、孔明《こうめい》の命を救《すく》った。

だが、そのうちに孔明《こうめい》もなれてきたのか、なんとか剣《けん》の動きについていけるようになり、動きがスムーズになってきた。剣《けん》の動きと孔明《こうめい》の体の動きが一致《いっち》してきたのだ。剣《けん》と孔明《こうめい》が一心同体になった。

蒼竜《そうりゅう》の剣《けん》と蛇矛《じゃぼう》のすさまじい打ちあいがつづいた。蛇矛《じゃぼう》の銀色の刃《は》と蒼竜《そうりゅう》の剣《けん》の青い光が、月明かりをあびて何度も交錯《こうさく》した。大男は息ひとつ乱《みだ》さなかったが、さすがに孔明《こうめい》は、疲《つか》れてきたのか息を乱《みだ》し、剣《けん》を持つ手がふるえ、足もとがふらつきはじめた。

「孔明《こうめい》さん、しっかり！」

「がんばって！」

夏花《かか》と蒼太《そうたい》は、声をかぎりに叫《さけ》んだ。

その声がとどいたのか、孔明《こうめい》は体勢《たいせい》を立てなおすと、剣《つるぎ》を頭上に直立させ、勢《いきお》いよく地をけった。すると、青い光にひっぱり上げられるように、孔明《こうめい》は大男の頭上まで舞《ま》い上《あ》がった。

「これが最後《さいご》だ！」

叫《さけ》びざま、孔明《こうめい》は蒼竜《そうりゅう》の剣《けん》を力いっぱいふり下ろした。青い光が、大男の頭のてっぺんから腰《こし》のあたりまで、まっぷたつに切《き》り裂《さ》いた。

ぐぁあああああーっ
大男は、すさまじい悲鳴《ひめい》を上げ、地ひびきを立ててその場に倒《たお》れた。

「終わった」

孔明《こうめい》は、額《ひたい》の汗《あせ》をぬぐうと、剣《けん》に目をやった。剣《けん》の青い光がしだいにうすれていき、やがて消えた。

「蒼竜《そうりゅう》が持ち主の危機《きき》を救《すく》うというのは、ほんとうだったな」

つぶやきながら、孔明《こうめい》は剣《けん》を鞘《さや》におさめた。

「すごかったわ、孔明《こうめい》さん」

「最後《さいご》の一撃《いちげき》なんか鳥肌《とりはだ》が立った」

夏花《かか》と蒼太《そうたい》は、興奮《こうふん》して孔明《こうめい》にかけよった。

「なに、蒼竜《そうりゅう》の剣《けん》のおかげさ」

孔明《こうめい》は照《て》れくさそうにわらうと、

「ばけ物の正体は明日の朝たしかめることにして、寝《ね》るとしようか。疲《つか》れたよ」

そういって、がくりと肩《かた》をおとした。

三人は、大男の死骸《しがい》をそのままにして、楼閣《ろうかく》にもどった。すると、足音を聞きつけたのか、張飛《ちょうひ》がふとんから首をだした。

「妖怪《ようかい》はどうした？」

「安心して。豪傑《ごうけつ》のかわりに孔明《こうめい》さんがやっつけてくれたわよ」

夏花《かか》が、皮肉っぽくいった。

「そうか。それならもうゆっくりねむれるな」

張飛《ちょうひ》は、ふたたびふとんをかぶった。すぐに大きないびきがふとん越《ご》しに聞こえてきた。

「あきれた。孔明《こうめい》さん、怒《おこ》らないの？」

「いや。張飛《ちょうひ》どのはいつもああだから」

孔明《こうめい》はわらって、自分もどさりと寝台《しんだい》に体を投げだした。

「おれたちも寝《ね》よう」

蒼太《そうた》と夏花《かか》も自分たちの寝台《しんだい》にもどった。

明くる朝早く起きた蒼太《そうた》は、妖怪《ようかい》の正体を知りたくて、すぐさま外にでてみた。ところが、楼閣《ろうかく》の前に張飛《ちょうひ》の蛇矛《じゃぼう》が投げだされているだけで、大男の死骸《しがい》はどこにも見えなかった。あたりを見まわしていると、夏花《かか》と孔明《こうめい》がでてきた。

「あれっ、死骸《しがい》がない！」

夏花《かか》が叫《さけ》んだ。

「あの大男、死んでなかったのかしら」

「いや。あの傷《きず》で生きてるはずはない。どういうことだろう」

孔明《こうめい》が首をひねった。

「ああ、おかげでよくねむれたわい」

そのとき張飛《ちょうひ》が、大きなあくびをしながらでてきた。

「おっ、相棒《あいぼう》！」

張飛《ちょうひ》は、目ざとく蛇矛《じゃぼう》を見つけてかけより、ひろい上げると、

「すまんな。お前をほうっておいて」

まるで人間に対するようにあやまった。

「ねえ、これ見て」

さっきからあたりの地面に目をやっていた蒼太《そうたい》が、足もとを指さした。黒っぽい大きなしみがひろがっている。

「血みたいね」

夏花《かか》がのぞきこんで、いった。

よく見ると、しみは点々と楼閣《ろうかく》のうら手に向かってつづいている。あとをたどっていくと、楼閣《ろうかく》の角をまがったところに、大きなクスノキが、根っこごと横倒《だお》しになっていた。楼閣《ろうかく》の背後《はいご》に立っていた樹《き》だ。てっぺんから幹《みき》の中ほどまで、雷《かみなり》にうたれたかのようにまっぷたつに裂《さ》けている。まわりには、黒いしみが油のように広がっていた。あの大男はこのクスノキの妖怪《ようかい》で、ここまではってきたところで息絶《た》え、正体をあらわしたようだ。

「ふん。こいつか、妖怪《ようかい》の正体は」

張飛《ちょうひ》がばかにしたように、蛇矛《じゃぼう》の柄《え》の先でクスノキをつっついた。

「あれ、妖怪《ようかい》がこわかったはずじゃないんですか?」

蒼太《そうたい》がからかった。

「なに、死んじまえば妖怪《ようかい》だろうとなんだろうと、こわくはないさ」

張飛《ちょうひ》は、がははとわらった。

そのとき、庭園のほうでがやがやと人声がした。見ると、五、六人の男たちがこっちを指さしてなにか話している。

「おーい、お前たちはだれだ。話があるならこっちへ来い！」

張飛《ちょうひ》がどなった。

男たちは顔を見あわせると、おそるおそる石橋を渡《わた》って、四人のそばにやってきた。

「わしらは、この村の者でがんす」

でっぷり太った男がいった。

「宿屋の亭主《ていしゅ》から、お前さまがたがゆうべここへ料理《りょうり》を運ばせて、飲み食いしなさったうえに、泊《と》まりなさったと聞いたもんで、どうなったか心配で、来てみたんでがんす」

「わたしたちのことが心配って、どういうことです」

孔明《こうめい》がいぶかしげな顔で男を見た。

「この屋敷《やしき》は、空き屋敷《やしき》なんでがんす。そのうえ、いろいろとわるいうわさがありましてな」

「おかしいな。あの老人《ろうじん》は、この村の者で、ここを自分の屋敷《やしき》だといっていたが」

「とんでもない。ここには十年前からだれも住んでいないでがんす」

そういわれてあらためて見まわしてみると、庭園は荒《あ》れはてて雑草《ざっそう》がはびこり、石橋はくずれかかっている。母屋《おもや》も楼閣《ろうかく》も、半分朽《く》ちかけていた。四人とも、狐《きつね》につままれたようにぼうぜんとした。

「それに、あの年よりは、村のもんではないでがんす。はじめて見る顔でさ。なあ、みんな」

ほかの男たちが、いっせいにうなずいた。

「そういえば――」

蒼太《そうたい》は、きのう村を通りかかったとき、戸口にいた村の人たちが、だれも老人《ろうじん》にあいさつしなかったことを思いだした。

「はて。だとすると、あの老人《ろうじん》は何者だろう。なんでわたしたちをこの屋敷《やしき》につれてきたのか」

「ところで、さっきいったわるいうわさのことでがんすが……」

太った男は、あらためて四人を見まわした。ほかの男たちも、じっと見つめている。

「それは、この屋敷《やしき》には恐《おそ》ろしい妖怪《ようかい》がでるといううわさでがんしてな、村の若《わか》いもんが度胸《どきょう》だめしに何度もやってきては、そのまんまゆくえ知れずになりました。それで、このごろは村のもんはだれも近づかなかったんでがんす。したが、お前さまがたがここに泊《と》まったもんで、どうなったかと、たしかめに来たわけでがんす」

「わかったわ!」

夏花《かか》がぱんと手を打ち鳴らした。

「あのおじいさん、妖怪《ようかい》の仲間《なかま》なのよ。それで、近ごろ村の人たちが屋敷《やしき》にやってこないので、わざとけがをしたふりをして、なにも知らないあたしたちをここへさそいこんだにちがいないわ」

「それにしてもさ、おれたちがこの屋敷《やしき》に泊《と》まるのを知ってたなら、妖怪《ようかい》がでるぞと教えてくれたっていいじゃないか」

蒼太《そうたい》は、村の男たちをにらみつけた。

「それは――」

男たちは、気まずそうに顔を見あわせた。どうやら、「心配した」というのは口だけで、よそ者が妖怪《ようかい》がでる空き屋敷《やしき》に泊《と》まったから、どうなったかたしかめようと、興味津々《きょうみしんしん》でやってきたにちがいなかった。

「まあ、いいじゃないか」

張飛《ちょうひ》が口をはさんだ。

「妖怪《ようかい》はたしかにでた。だが、退治《たいじ》した」

「えっ、ほんとでがんすか⁉」

「だれがうそをいうか。これを見ろ」

張飛《ちょうひ》は、蛇矛《じゃぼう》の先で横倒《だお》しになったクスノキを示した。男たちは、おそるおそる歩みよって、樹《き》のまわりを取りまいた。

「てっぺんから幹《みき》のまん中あたりまで裂《さ》けているだろう。おれの蛇矛《じゃぼう》の一撃《げき》を受けてくたばったのさ」

「ちょっと張飛《ちょうひ》さん、それはないいんじゃない」

「そうだよ。いくらなんでも、ひどいよ」

夏花《かか》と蒼太《そうたい》は、あきれて抗議《こうぎ》した。

「なに、おれがやったといったほうが、みんな信《しん》じるだろうよ」

張飛《ちょうひ》はうそぶいた。

「そういうわけですから、もう妖怪《ようかい》の心配はいりません。念《ねん》のために、この樹《き》をいくつかにきって、燃《も》やしてしまうほうがいいでしょう」

べつに怒《おこ》るわけでもなく、孔明《こうめい》は、静《しず》かに村の男たちにいった。

「お前さまがた」

太った男が、もみ手をしながら孔明《こうめい》と張飛《ちょうひ》をふりかえると、

「長年村をなやましてきた妖怪《ようかい》を退治《たいじ》していただいて、ほんとにありがとうがんした。よかったら、わしらんところで、朝飯《あさめし》を召《め》し上《あ》がっていってくだせえ。ほんのお礼心でがんす」

そういって、深々と頭を下げた。ほかの男たちもいっせいに頭を下げる。

「おう、それはありがたい。できれば酒を用意しておいてくれ。目をさましてからまだ一滴《てき》も飲んでいないのでな。がははは」

張飛《ちょうひ》が、ひげをふるわせて、がさつなわらい声を上げた。

孔明《こうめい》はわらっていたが、蒼太《そうたい》も夏花《かか》も、あきれてものもいえなかった。

四人は、それから村の男たちといっしょに、屋敷《やしき》をでていった。すると、楼閣《ろうかく》のうらから例の老人《ろうじん》が姿《すがた》をあらわした。

「くそっ。やつらをここへさそいこみ、じゃまな張飛《ちょうひ》の蛇矛《じゃぼう》を樹妖《じゅよう》にぬすませたまではよかったが、あと一歩のところでつまずいてしまった――」

老人《ろうじん》は、ちっちっと舌《した》を鳴らした。

「樹妖《じゅよう》の一撃《げき》で孔明《こうめい》の気を失《うしな》わせ、ひっさらっていくつもりだったが、孔明《こうめい》の剣《けん》があんなにすごいものとは、思いもよらなんだ。さびているかもしれないというのを真に受けたのが失敗《しっぱい》のもとじゃ。これからは、あの剣《けん》をどうにかせんとな。だが、収穫《しゅうかく》もあった。いちばんに警戒《けいかい》しなければならぬ張飛《ちょうひ》めが、なんと妖怪《ようかい》ぎらいとはな」

くっくっくっと、老人《ろうじん》はのどの奥《おく》でわらった。

「妖怪《ようかい》さえだしておけば、張飛《ちょうひ》はもうでくのぼうと同じで、なんの役にも立たん。仕事がやりやすくなったわい」

老人《ろうじん》は、ひとしきりわらうと、ふっと真剣《しんけん》な顔つきにもどった。

「それにしても、孔明《こうめい》を殺《ころ》すだけならかんたんだが、生きたまま捕《と》らえてつれてこいという命令《めいれい》じゃからな。なかなかむずかしい。しかし、弱音を吐《は》くわけにはいかぬ。この黒風怪《こくふうかい》さまに目をつけられたら、どんな者でも逃《のが》れられんというところを見せてやらねば」

老人《ろうじん》は、かっと目を見ひらくと、くるくるっと体をコマのように勢《いきお》いよく回転させた。

やがて回転が止まった。老人《ろうじん》は、頭から足の先まで全身黒ずくめの男に変《か》わっていた。目のまわりだけが白い。

「待っておれよ、孔明《こうめい》。かならずおまえを捕《つか》まえて、曹操《そうそう》さまの御前《おんまえ》にひきずりだしてみせる！」

黒ずくめの男は、さあっと風をまくようにして屋敷《やしき》から走りでていった。

作者　三田村　信行（みたむら　のぶゆき）

一九三九年東京都に生まれる。早稲田大学文学部卒業。幼年童話から大長編まで幅広く活躍している。『風の陰陽師』（ポプラ社）で巌谷小波文芸賞、日本児童文学者協会賞を受賞。主な作品に「キツネのかぎや」シリーズ、「へんてこ宝さがし」シリーズ（ともにあかね書房）、「キャベたまたんてい」シリーズ（金の星社）、「ネコカブリ小学校」シリーズ（ＰＨＰ研究所）、『おとうさんがいっぱい』（理論社）ほか多数がある。東京都在住。

画家　十々夜（ととや）

富山県に生まれる。大阪美術専門学校卒業。ゲームのイラストからキャラクターデザイン、児童書の挿画まで様々な分野で活躍している。挿画の作品として「妖怪道中膝栗毛」シリーズ（あかね書房）、「ルルル♪動物病院」シリーズ、「アンティーク ＦＵＧＡ」シリーズ（ともに岩崎書店）、「サッカー少女サミー」シリーズ（学研）、『おなやみ相談部』（講談社）ほかがある。京都府在住。

妖怪道中三国志・1
奪われた予言書
二〇一五年一一月二五日　初版発行
作　者　三田村信行
画　家　十々夜
発行者　岡本光晴
発行所　株式会社あかね書房
〒一〇一－〇〇六五
東京都千代田区西神田三－二－一
電　話　〇三－三二六三－〇六四一（営業）
〇三－三二六三－〇六四四（編集）
印刷所　錦明印刷株式会社
製本所　株式会社難波製本
装　丁　吉沢千明
NDC913　161ページ　21cm

ISBN978-4-251-04521-8
乱丁・落丁本はお取りかえいたします。定価はカバーに表示してあります。
http://www.akaneshobo.co.jp

未来と過去《かこ》が交錯《こうさく》する、
ハラハラドキドキが止まらない物語《ストーリー》！

妖《よう》怪《かい》道《どう》中《ちゅう》膝《ひざ》栗《くり》毛《げ》シリーズ 全7巻

三田村信行・作
十々夜・絵

1 旅のはじまりは タイムスリップ

山ン本五郎左衛門《さんもとごろうざえもん》が、江戸《えど》時代へ逃《に》げた！ 大河原博士《おおかわらはかせ》の使命を受けて、蒼一《そういち》、夏実《なつみ》、信夫《のぶお》の3人は、江戸《えど》時代へ……。妖《よう》怪《かい》だらけの旅がはじまった！

2 よろずトラブル 妖怪《ようかい》におまかせ

妖怪屋敷《ようかいやしき》で人助け!? お夏《なつ》が妖怪《ようかい》にされてしまう!? 蒼太《そうた》、お夏《なつ》、信助《しんすけ》に迫《せま》るピンチ。無《ぶ》事《じ》に切りぬけ、五郎左衛門《ごろうざえもん》に追いつくことができるのか……？

3 旅はみちづれ 地獄《じごく》ツアー

けんか別《わか》れをしたり、河童《かっぱ》の仇《あだ》討《う》ちに立ちあったり。3人プラス同行1人の旅は波瀾万丈《はらんばんじょう》！ 大妖怪《だいようかい》・山ン本五郎左衛門《さんもとごろうざえもん》の意外な一面にふれた4人は……。

4 船で空飛《と》ぶ 妖怪《ようかい》クルーズ

なぞのメールが届《とど》いたり、妖怪《ようかい》たちの宴会《えんかい》にまぎれこんだり。海坊主《うみぼうず》に船ごと投《な》げとばされた3人は絶体絶命《ぜったいぜつめい》！ なぞの小島で、新たに出会ったのは……!?

5 夜の迷路《めいろ》で 妖怪《ようかい》パニック

伊勢神宮《いせじんぐう》にお札《ふだ》をおさめに行く蒼太《そうた》たち。お夏《なつ》は島で土蜘蛛《つちぐも》に襲《おそ》われ、蒼太《そうた》たちはなんと、お札《ふだ》をすられ緊急事態《きんきゅうじたい》！ お夏《なつ》と二度と会えなくなるのか……!?

6 時空をこえて 魔鏡《まきょう》マジック

天狗《てんぐ》の術《じゅつ》で向かった未来《みらい》で3人が見たのは…？ とらわれのお六《ろく》を救《すく》いだしたり、青坊主《あおぼうず》にだまされたりするうち、捕獲作戦《ほかくさくせん》の場所にさらに意外な人物が……。

7 旅の終わりは 妖怪《ようかい》ワールド

とうとう、京《きょう》に到着《とうちゃく》！ 捕獲班《ほかくはん》の手を逃《のが》れた五郎左衛門《ごろうざえもん》を追って、3人は大寄合《おおよりあい》へ。明かされるなぞ、そして3人を待ちうける未来《みらい》とは……!?